CRÔNICA
de uma morte anunciada

OBRAS DO AUTOR

O amor nos tempos do cólera

A aventura de Miguel Littín clandestino no Chile

Cem anos de solidão

Cheiro de goiaba

Crônica de uma morte anunciada

Do amor e outros demônios

Doze contos peregrinos

Os funerais da Mamãe Grande

O general em seu labirinto

A incrível e triste história de Cândida Erêndira e sua avó desalmada

Memória de minhas putas tristes

Ninguém escreve ao coronel

Notícia de um sequestro

Olhos de cão azul

O outono do patriarca

Relato de um náufrago

A revoada (O enterro do diabo)

O veneno da madrugada (A má hora)

Viver para contar

OBRA JORNALÍSTICA

Vol. 1 – Textos caribenhos (1948-1952)

Vol. 2 – Textos andinos (1954-1955)

Vol. 3 – Da Europa e da América (1955-1960)

Vol. 4 – Reportagens políticas (1974-1995)

Vol. 5 – Crônicas (1961-1984)

O escândalo do século

OBRA INFANTOJUVENIL

A luz é como a água

María dos Prazeres

A sesta da terça-feira

Um senhor muito velho com umas asas enormes

O verão feliz da senhorita Forbes

Maria dos Prazeres e outros contos (com Carme Solé Vendrell)

GABRIEL GARCÍA MÁRQUEZ

CRÔNICA
de uma morte anunciada

Tradução de
REMY GORGA, FILHO

69ª edição

EDITORA RECORD
RIO DE JANEIRO • SÃO PAULO
2024

EDITORA-EXECUTIVA: *Renata Pettengill*
SUBGERENTE EDITORIAL: *Mariana Ferreira*
ASSISTENTE EDITORIAL: *Pedro de Lima*
AUXILIAR EDITORIAL: *Juliana Brandt*
PROJETO DE BOX, CAPA E MIOLO: *Renata Vidal*
ILUSTRAÇÕES DE CAPA: *Sophia J Caldwell / Creative Market* (bouquet); *Marish / Design Cuts* (coração, adaptado); *Nicky Laatz* (flecha)

CIP-BRASIL. CATALOGAÇÃO NA PUBLICAÇÃO
SINDICATO NACIONAL DOS EDITORES DE LIVROS, RJ

G21c
69ª. ed.

    García Márquez, Gabriel, 1927-2014
      Crônica de uma morte anunciada / Gabriel García Márquez; tradução de Remy Gorga, filho. – 69ª. ed. – Rio de Janeiro: Record, 2024.
      96 p.; 23 cm.

    Tradução de: Crónica de una muerte anunciada
    ISBN 978-65-5587-117-3

    1. Crônicas colombianas. I. Gorga Filho, Remy. II. Título.

20-65654   CDD: 868.9936108
                                                                                          CDU: 82-94(862)

Camila Donis Hartmann - Bibliotecária - CRB-7/6472

TÍTULO ORIGINAL:
Crónica de una muerte anunciada

Copyright © 1981 by Gabriel García Márquez

Texto revisado segundo o novo Acordo Ortográfico da Língua Portuguesa.

Todos os direitos reservados. Proibida a reprodução, no todo ou em parte, através de quaisquer meios. Os direitos morais do autor foram assegurados.

Direitos exclusivos de publicação em língua portuguesa somente para o Brasil adquiridos pela
EDITORA RECORD LTDA.
Rua Argentina, 171 – Rio de Janeiro, RJ – 20921-380 – Tel.: (21) 2585-2000,
que se reserva a propriedade literária desta tradução.

Impresso no Brasil

ISBN 978-65-5587-117-3

Seja um leitor preferencial Record. Cadastre-se no site www.record.com.br
e receba informações sobre nossos lançamentos e nossas promoções.

Atendimento e venda direta ao leitor: sac@record.com.br

La caza de amor es de altanería

GIL VICENTE

No dia em que o matariam, Santiago Nasar levantou-se às 5h30m da manhã para esperar o navio em que chegava o bispo. Tinha sonhado que atravessava um bosque de grandes figueiras onde caía uma chuva branda, e por um instante foi feliz no sonho, mas ao acordar sentiu-se completamente salpicado de cagada de pássaros. "Sempre sonhava com árvores", disse-me sua mãe 27 anos depois, evocando os pormenores daquela segunda-feira ingrata. "Na semana anterior tinha sonhado que ia sozinho em um avião de papel aluminizado que voava sem tropeçar entre as amendoeiras", disse-me. Tinha uma reputação muito bem merecida de intérprete certeira dos sonhos alheios, desde que fossem contados em jejum, mas não percebera qualquer augúrio aziago nesses dois sonhos do filho, nem nos outros sonhos com árvores que ele lhe contara nas manhãs que precederam sua morte.

Santiago Nasar também não reconheceu o presságio. Dormira pouco e mal, sem tirar a roupa, e acordou com dor de cabeça e um gosto de estribo de cobre na boca, interpretando-os como estragos normais da farra de casamento que se prolongara até depois da meia-noite. As muitas pessoas que encontrou desde que saiu de casa às 6h05m até que foi retalhado como um porco, uma hora depois, lembravam-se dele um pouco sonolento mas de bom humor, e com todos comentou de um modo casual que era um dia muito bonito. Ninguém estava certo se ele se referia ao estado do tempo. Muitos coincidiam na lembrança de que era uma manhã radiante com uma brisa de mar que chegava através dos bananais, como seria de esperar que fosse em um bom fevereiro daquela época. A maioria, porém, estava de acordo em que era um tempo fúnebre, de céu sombrio e baixo e um denso cheiro de águas paradas, e que no instante da desgraça estava caindo uma chuvinha miúda como a que Santiago Nasar vira no bosque do sonho. Eu estava me refazendo da farra do casamento no apostólico regaço de Maria Alexandrina Cervantes, e só então acordei, com o alvoroço dos sinos tocando a rebate, porque pensei que tocavam em honra do bispo.

Santiago Nasar pôs calça e camisa de linho branco, não engomadas, iguais às que vestira no dia anterior para o casamento. Era um luxo para a ocasião. Se não fosse pela chegada do bispo, teria vestido a roupa cáqui e as botas de montar com que ia, nas segundas-feiras, a *O Divino Rosto,* a fazenda que herdou do pai e que administrava com muito bom juízo embora sem muita sorte. À caça, levava ao cinto uma 357 Magnum, cujas balas blindadas, segundo dizia, podiam partir um cavalo pelo meio. Em tempo de perdizes, levava também seus apeiros de cetraria. Tinha no armário, além disso, um rifle 30.06 Manlinncher Schönauer, um rifle 300 Holland Magnum, um 22 Hornet com mira telescópica de duplo alcance, e uma Winchester de repetição. Dormia sempre como o pai dormiu, a arma escondida dentro da fronha do travesseiro, mas antes de sair de casa naquele dia tirou-lhe as balas e as pôs na gaveta do criado-mudo. "Nunca a deixava carregada", disse-me sua mãe. Eu o sabia, e sabia também que guardava as armas em um lugar e escondia a munição em outro muito afastado, para que ninguém cedesse, nem por acaso, à tentação de carregá-las dentro da casa. Era um sábio costume imposto pelo pai desde a manhã em que uma criada sacudiu o travesseiro para tirar a fronha, a pistola disparou ao cair no chão, a bala desmontou o armário do quarto, atravessou a parede da sala, passou com um estrondo de guerra pela sala de jantar da casa vizinha e transformou em pó de gesso um santo de tamanho natural no altar-mor da igreja, na outra extremidade da praça. Santiago Nasar, que então era muito criança, não esqueceu nunca a lição daquele contratempo.

A última imagem que a mãe tinha dele era a de sua fugaz passagem pelo quarto. Acordara-a quando tentava encontrar, apalpando, uma aspirina no armário do banheiro; então ela acendeu a luz e o viu aparecer na porta com o copo de água na mão, como havia de recordá-lo para sempre. Santiago Nasar contou-lhe então o sonho, mas ela não se importou com as árvores.

— Todos os sonhos com pássaros são de boa saúde — disse.

Ela o viu da mesma rede e na mesma posição em que a encontrei prostrada pelas últimas luzes da velhice, quando voltei a este povoado abandonado, tentando recompor, com tantos estilhaços dispersos, o espelho quebrado da memória. Mal distinguia as formas à plena luz, e tinha ervas medicinais nas frontes para a eterna dor de cabeça que o filho lhe deixou na última vez que passou pelo quarto. Estava de lado, agarrada às pitas do cabeçal da rede, tentando levantar-se, e havia ainda na penumbra o cheiro de batistério que me surpreendera na manhã do crime.

Logo que apareci no vão da porta confundiu-me com a lembrança de Santiago Nasar. "Estava aí", disse-me. "Vestia a roupa de linho branco lavada só com água, porque sua pele era tão delicada que não suportava o roçar do engomado." Ficou bastante tempo sentada na rede, mastigando sementes de mastruço, até que a ilusão de que o filho voltara foi embora. Suspirou então: "Foi o homem da minha vida."

Eu o vi em sua memória. Completara 21 anos na última semana de janeiro, era esbelto e pálido, tinha as pálpebras árabes e os cabelos crespos do pai. Era o filho único de um casamento de conveniência que não teve um único instante de felicidade, mas parecia feliz com o pai até que este morreu de repente, três anos antes, e continuou parecendo feliz com a mãe até a segunda-feira de sua desgraça. Dela herdou o instinto. Do pai aprendeu, desde muito pequeno, o domínio das armas de fogo, o amor pelos cavalos e a mestrança das aves de rapina, e também as boas artes do valor e da prudência. Falavam em árabe entre eles, mas não diante de Plácida Linero, para que não se sentisse excluída. Nunca foram vistos armados no povoado, e a única vez que trouxeram seus falcões amestrados foi para uma demonstração de altaneria em uma feira beneficente. A morte do pai forçara-o a abandonar os estudos ao término da escola secundária para encarregar-se da fazenda. Por méritos próprios, Santiago Nasar era alegre e pacífico, e de coração aberto.

No dia em que o matariam, a mãe pensou que ele se enganara de dia quando o viu vestido de branco. "Lembrei-lhe que era segunda--feira", disse-me. Mas ele explicou que se vestira de pontifical pois podia ter uma oportunidade de beijar o anel do bispo. Ela não demonstrou nenhum interesse.

— Nem sequer descerá do navio — disse-lhe. — Dará uma bênção de obrigação, como sempre, e voltará pelo mesmo caminho. Odeia este povoado.

Santiago Nasar sabia que era verdade, mas os fastos da igreja provocavam nele uma irresistível fascinação. "É como o cinema", me dissera certa vez. Quanto à viagem do bispo, em compensação a mãe só queria que o filho não se molhasse na chuva, pois o ouvira espirrar enquanto dormia. Aconselhou-o a levar um guarda-chuva, mas ele fez um gesto de adeus com a mão e saiu do quarto. Foi a última vez que o viu.

Victória Guzmán, a cozinheira, tinha certeza de que não havia chovido naquele dia, nem em todo o mês de fevereiro. "Pelo contrário", disse-me quando vim vê-la, pouco antes de sua morte. "O sol esquentou mais cedo que em agosto." Estava destrinchando três coelhos para o almoço, rodeada de cães ofegantes, quando Santiago Nasar entrou na cozinha. "Sempre se levantava com cara de pesadelo", Victória Guzmán recordava sem amor. Divina Flor, sua filha, que mal começava a florescer, preparou para Santiago Nasar uma xícara de café amargo com um gole de álcool de cana, como em todas as segundas-feiras, para ajudá-lo a suportar a carga da noite anterior. A cozinha enorme, com o sussurrar do fogo e das galinhas adormecidas nos poleiros, tinha uma respiração secreta. Santiago Nasar mastigou outra aspirina e sentou-se para beber em lentos goles o café, pensando devagar, sem tirar os olhos das duas mulheres que destripavam os coelhos. Apesar da idade, Victória Guzmán conservava-se inteira. A menina, ainda um pouco selvagem, parecia sufocada pelo ímpeto de suas glândulas. Santiago Nasar agarrou-a pelo pulso quando recebia dele a xícara vazia.

— Você já está em tempo de ser amansada — disse-lhe.

Victória Guzmán mostrou a ele a faca ensanguentada.

— Solte-a, branco — ordenou-lhe seriamente. — Dessa água não beberá enquanto eu estiver viva.

Tinha sido seduzida por Ibrahim Nasar na plenitude da adolescência. Durante vários anos amara-a em segredo nos estábulos da fazenda, depois levou-a a servir em sua casa quando o afeto acabou. Divina Flor, filha de um marido mais recente, sabia-se destinada à cama

— 11 —

furtiva de Santiago Nasar, e essa ideia causava nela uma ansiedade prematura. "Não nasceu outro homem como aquele", disse-me, gorda e lânguida, e rodeada pelos filhos de outros amores. "Era idêntico ao pai", replicou Victória Guzmán. "Um merda." Não pôde, entretanto, disfarçar um brilho de espanto ao recordar o horror de Santiago Nasar quando ela arrancou de uma vez as entranhas de um coelho e atirou aos cães as vísceras palpitantes.

— Não seja bárbara — disse-lhe ele. — Imagine se fosse um ser humano.

Victória Guzmán precisou de quase 20 anos para entender que um homem acostumado a matar animais indefesos demonstrasse de repente semelhante horror. "Deus Santo", exclamou assustada, "então tudo aquilo foi uma revelação!" Entretanto, eram tantas as suas raivas antigas na manhã do crime que continuou cevando os cães com as entranhas dos outros coelhos, só para amargar o café de Santiago Nasar. Estavam por aí quando o povoado inteiro acordou com o bramido estremecedor do navio a vapor em que chegava o bispo.

A casa era um antigo depósito de dois andares, paredes de tábuas brutas e um teto de zinco de duas águas sobre o qual as auras vigiavam pelos restos do porto. Fora construído nos tempos em que o rio era tão serviçal que muitas barcaças e, inclusive, alguns navios de calado aventuravam-se até aqui através dos lamaçais do estuário. Quando Ibrahim Nasar chegou com os últimos árabes, no fim das guerras civis, os navios não vinham mais devido às mudanças do rio, e o depósito estava em desuso. Ibrahim Nasar comprou-o muito barato para ali instalar uma firma de importação que nunca instalou, e só quando foi se casar transformou-o em uma casa para viver. No térreo abriu um salão que servia para tudo, e construiu nos fundos uma cavalariça para quatro animais, os quartos de serviço e uma cozinha de fazenda com janelas para o porto por onde entrava a toda hora a pestilência das águas. A única coisa que deixou intacta no salão foi a escada em espiral, resgatada de algum naufrágio. No andar de cima, onde antes estiveram os escritórios da alfândega, fez dois quartos amplos e cinco camarotes para os muitos filhos que pensava ter, e construiu um balcão de madeira sobre as amendoeiras da praça, onde Plácida Linero sentava-se nas tardes de março para se consolar de sua solidão. Na fachada conservou a porta principal e abriu duas janelas de toda altura com marcos torneados. Conservou também a porta dos fundos, só que um pouco mais alta para passar a cavalo, e manteve em serviço uma parte do antigo molhe. Essa foi sempre a porta mais usada, não apenas porque era o acesso natural às estrebarias e à cozinha, mas porque dava à rua do porto novo sem passar pela praça. A porta da frente, exceto em ocasiões festivas, permanecia fechada e com tranca. Entretanto, foi ali, e não na porta dos fundos, que esperavam Santiago Nasar os homens que o matariam, e foi por ali que ele saiu para receber o bispo, embora precisasse dar uma volta completa à casa para chegar ao porto.

Ninguém podia entender tantas coincidências funestas. O juiz instrutor, vindo de Riohacha, deve tê-las sentido sem se atrever a admiti-las, pois seu interesse de lhes dar uma explicação racional era evidente no sumário. A porta da praça foi citada várias vezes com um título de folhetim: *A porta fatal*. Na realidade, a única explicação válida parecia ser a de Plácida Linero, que respondeu à pergunta com sua razão de mãe: "Meu filho não saía nunca pela porta de trás quando estava bem-vestido." Parecia uma verdade tão simples que o juiz instrutor a registrou em uma nota marginal, mas não a fez constar no sumário.

Victória Guzmán, por sua vez, foi terminante na resposta de que nem ela nem a filha sabiam que estavam esperando Santiago Nasar para matá-lo. Mas ao longo de seus anos, admitiu que ambas já o sabiam quando ele entrou na cozinha para tomar café. Disse-lhe uma mulher, que passou depois das cinco para pedir um pouco de leite por amor de Deus, e revelou também os motivos e o lugar onde o estavam esperando. "Não o preveni porque pensei que era conversa de bêbado", disse-me. Não obstante, Divina Flor me confessou, numa visita posterior, quando a mãe já tinha morrido, que esta não dissera nada a Santiago Nasar porque no fundo de sua alma queria que o matassem. Quanto a ela, não o preveniu porque então era apenas uma menina assustada, incapaz de decisão própria, e que se assustara muito mais quando ele a agarrou pelo pulso com uma mão que sentiu gelada e pétrea, como a mão de um morto.

Santiago Nasar atravessou a passos largos a casa em penumbra, perseguido pelos bramidos de júbilo do navio do bispo. Divina Flor adiantou-se para abrir-lhe a porta, esforçando-se para não ser alcançada entre as gaiolas de pássaros adormecidos da sala de jantar, entre os móveis de vime e os vasos de plantas pendurados da sala, mas quando tirou a tranca da porta não pôde evitar outra vez a mão de gavião carniceiro. "Me agarrou a buceta todinha", disse-me Divina Flor. "Era o que fazia sempre quando me encontrava sozinha pelos cantos da casa, mas naquele dia não senti o susto de sempre, só uma vontade horrível de chorar." Afastou-se para deixá-lo sair, e através da porta entreaberta viu as amendoeiras da praça, nevadas pelo resplendor do amanhecer, mas não teve coragem para ver mais nada. "Então o apito do navio acabou e os galos começaram a cantar", disse-me. "Era um alvoroço tão grande que não dava para acreditar que o povoado tivesse tantos galos, até pensei que vinham no navio do bispo." A única coisa que ela pôde fazer pelo homem que nunca havia de ser seu foi deixar a porta sem tranca, contra as ordens de Plácida Linero, para que ele pudesse entrar outra vez em caso de urgência. Alguém que nunca foi

— 14 —

identificado enfiara, por debaixo da porta, um papel dentro de um envelope, para avisar Santiago Nasar que o estavam esperando para matá-lo, revelando também o lugar e os motivos, e outros detalhes precisos da trama. A mensagem estava no chão quando Santiago Nasar saiu de casa, mas ele não a viu, nem a viu Divina Flor, nem a viu ninguém até muito depois da consumação do crime.

Tinham batido seis horas e as luzes públicas continuavam acesas. Nos galhos das amendoeiras, e em alguns balcões, estavam ainda as grinaldas coloridas do casamento, e se podia pensar que acabavam de pendurá-las em honra do bispo. Mas a praça calçada de lajes até o átrio da igreja, onde estava o palanque dos músicos, parecia um monturo de garrafas vazias e todo tipo de restos da farra pública. Quando Santiago Nasar saiu de casa, várias pessoas corriam para o porto, apressadas pelos bramidos do navio.

O único lugar aberto na praça era a leiteria ao lado da igreja, onde estavam os dois homens que esperavam Santiago Nasar para matá-lo. Clotilde Armenta, a dona do negócio, foi a primeira que o viu no resplendor da alva, e teve a impressão de que estava vestido de alumínio. "Já parecia um fantasma", disse-me. Os homens que o matariam tinham dormido nos assentos, apertando no regaço as facas embrulhadas em jornal, e Clotilde Armenta prendeu a respiração para não acordá-los.

Eram gêmeos: Pedro e Pablo Vicário. Tinham 24 anos e se pareciam tanto que dava trabalho distingui-los. "Eram de aparência grosseira mas de boa índole", dizia o sumário. Eu, que os conhecia desde a escola primária, teria escrito o mesmo. Naquela manhã ainda vestiam as roupas escuras do casamento, grossas em demasia e formais para o Caribe, e tinham as feições devastadas por muitas horas de farra; haviam cumprido, porém, com o dever de se barbear. Ainda que não tivessem parado de beber desde a véspera do casamento, não estavam mais bêbados depois de três dias, embora parecessem sonâmbulos acordados. Dormiram com as primeiras brisas do amanhecer, depois de quase três horas de espera na leiteria de Clotilde Armenta, e aquele era o seu primeiro sono desde o sábado. Não tinham acordado de todo com o primeiro bramido do navio, mas o instinto os acordou por completo quando Santiago Nasar saiu de casa. Ambos agarraram então o embrulho de jornal, e Pedro Vicário começou a se levantar.

— Por amor de Deus — murmurou Clotilde Armenta. — Deixem para depois, nem que seja por respeito ao senhor bispo.

"Foi inspiração do Espírito Santo", repetia ela seguidamente. Com efeito, tinha sido uma lembrança providencial, embora de resultado momentâneo. Ouvindo-a, os gêmeos Vicário refletiram, e o que se levantara voltou a sentar-se. Ambos seguiram Santiago Nasar com os olhos quando começou a atravessar a praça. "Olhavam para ele com pena", dizia Clotilde Armenta. As meninas do colégio de freiras passaram pela praça naquele momento correndo em desordem, com seus uniformes de órfãs.

Plácida Linero teve razão: o bispo não desceu do navio. Havia muita gente no porto além das autoridades e dos estudantes, e por toda parte viam-se os cestos de galos bem gordos que levavam de presente ao bispo, porque a sopa de cristas[1] era o seu prato favorito. No molhe de carga havia tanta lenha empilhada que o navio teria precisado pelo menos duas horas para carregá-la. Mas não parou. Apareceu na volta do rio, resmungando como um dragão, e então a banda de música começou a tocar o hino do bispo, e os galos se puseram a cantar nos cestos e alvoroçaram todos os outros galos do povoado.

Por aquela época, os lendários navios de roda, alimentados a lenha, estavam a ponto de desaparecer e os poucos que permaneciam em

---

[1] Sopa de cristas, feita à base de cristas de galo. (*N. do T.*)

serviço não tinham mais pianola nem camarotes para lua de mel, e mal conseguiam navegar contra a corrente. Este, porém, era novo, e tinha duas chaminés em vez de uma com a bandeira pintada como um bracelete, e a roda de madeira da popa dava-lhe uma força de navio. Na coberta superior, junto ao camarote do comandante, estava o bispo de sotaina branca e seu séquito de espanhóis. "Fazia um tempo de Natal", disse minha irmã Margot. O que houve, segundo ela, foi que o apito do navio soltou um esguicho de vapor a pressão ao passar diante do porto que deixou empapados os que estavam mais perto da margem. Foi uma ilusão fugaz: o bispo começou a fazer o sinal da cruz no ar diante da multidão no molhe, e continuou a fazê-lo de costas, sem malícia nem inspiração, até que o navio se perdeu de vista e só restou o alvoroço dos galos.

Santiago Nasar tinha motivos para sentir-se frustrado. Contribuíra com várias cargas de lenha às públicas solicitações do padre Carmen Amador, e ele próprio escolhera os capões de cristas mais apetitosas. Foi, entretanto, uma contrariedade passageira. Minha irmã Margot, que estava com ele no molhe, achou-o de muito bom humor e disposto a acompanhar a festa, embora as aspirinas não lhe tivessem dado nenhum alívio. "Não parecia resfriado, e estava pensando apenas no que custara o casamento", disse-me. Cristo Bedoya, que estava com eles, revelou cifras que aumentaram o seu espanto. Estivera na farra com Santiago Nasar e comigo até um pouco antes das quatro, mas não tinha ido dormir na casa de seus pais porque ficou conversando na de seus avós. Lá obteve muitos dados que lhe faltavam para calcular os gastos da farra. Contou que tinham sacrificado quarenta perus e onze porcos para os convidados, e quatro terneiras que o noivo mandou assar para o povo na praça pública. Contou que foram consumidas 205 caixas de bebidas de contrabando e quase

2.000 garrafas de rum de cana,[2] repartidas entre a multidão. Não houve uma só pessoa, pobre ou rica, que não tivesse participado na festa de maior repercussão que jamais se havia visto no povoado. Santiago Nasar sonhou em voz alta.

— Será assim o meu casamento — disse. — Não terão bastante vida para contá-lo.

Minha irmã sentiu um branco. Pensou mais uma vez na boa sorte de Flora Miguel, com tantas coisas na vida, e que teria ainda Santiago Nasar no Natal daquele ano. "Compreendi logo que não podia haver um partido melhor que ele", disse-me. "Imagine: belo, sério, e com uma fortuna própria aos 21 anos." Ela costumava convidá-lo à nossa casa quando havia bolinhos de mandioca, e minha mãe preparava-os naquela manhã. Santiago Nasar aceitou entusiasmado.

— Troco de roupa e logo a alcanço — disse, e se deu conta de que esquecera o relógio no criado-mudo. — Que horas são?

Eram 6h25m. Santiago Nasar pegou Cristo Bedoya pelo braço e o levou para a praça.

— Em quinze minutos estou em sua casa — disse à minha irmã.

Ela insistiu em que fossem juntos logo porque o café já estaria servido. "Era uma insistência estranha", disse-me Cristo Bedoya. "Tanto que cheguei a pensar que Margot já sabia que o matariam e queria escondê-lo em sua casa." Entretanto, Santiago Nasar convenceu-a de que fosse na frente enquanto ele punha a roupa de montar, pois precisava estar cedo em *O Divino Rosto* para castrar terneiros. Despediu-se dela com o mesmo gesto de mão com que se despedira da mãe, e afastou-se em direção à praça, levando Cristo Bedoya pelo braço. Foi a última vez que o viu.

---

[2] Rum de cana — o autor faz a distinção, necessária em alguns países da América do Sul, entre o rum combustível e o rum aguardente. (*N. do T.*)

Muitos dos que estavam no porto sabiam que iam matar Santiago Nasar. Dom Lázaro Aponte, coronel de academia em gozo de boa reforma e prefeito municipal há onze anos, cumprimentou-o com os dedos. "Eu tinha razões muito fortes para acreditar que não corria mais nenhum perigo", disse-me. O padre Carmen Amador também não se preocupou. "Quando o vi são e salvo pensei que tudo havia sido uma mentira", disse-me. Ninguém perguntou sequer se Santiago Nasar estava prevenido, porque todos acharam impossível que não o estivesse.

Na verdade, minha irmã Margot era uma das poucas pessoas que ainda ignorava que o matariam. "Se tivesse sabido, eu o teria levado para casa mesmo que fosse amarrado", declarou ao juiz instrutor. Era estranho que não o soubesse, mas era muito mais estranho que tampouco minha mãe o soubesse, pois sabia de tudo antes que qualquer um da casa, embora há anos não saísse à rua, nem mesmo para ir à missa. Eu apreciava essa sua virtude desde que comecei a me levantar cedo para ir à escola. Via-a como era naqueles tempos, pálida e silenciosa, varrendo o pátio com uma vassoura de ramos no resplendor cinzento do amanhecer e, entre cada gole de café, me contando o que acontecera no mundo enquanto dormíamos. Parecia ter fios de comunicação secreta com as outras pessoas do povoado, sobretudo com as de sua idade, e às vezes nos surpreendia com notícias antecipadas que não teria podido conhecer senão por artes de adivinhação. Naquela manhã, todavia, não sentiu a palpitação da tragédia que se preparava desde as três da madrugada. Terminara de varrer o pátio, e quando minha irmã Margot saía para a recepção ao bispo, encontrou-a moendo mandioca para os bolinhos.

"Os galos cantavam", costuma dizer minha mãe recordando aquele dia. Nunca, porém, relacionou o alvoroço distante com a chegada do bispo, mas com os últimos vestígios do casamento.

Nossa casa ficava longe da praça central, em um bosque de mangueiras em frente ao rio. Minha irmã Margot fora até o porto caminhando pela margem, e as pessoas estavam excitadas demais com a visita do bispo para se ocupar de outras novidades. Tinham encostado os doentes nas portas de suas casas para receber a medicina de Deus, e as mulheres saíam correndo dos quintais com perus e leitões e todo o tipo de coisas de comer, e da margem oposta chegavam canoas enfeitadas de flores. Mas depois que o bispo passou sem deixar sua pegada na terra, a outra notícia reprimida alcançou o seu tamanho de escândalo. Foi só então que minha irmã Margot a conheceu por completo e de um modo brutal: Ângela Vicário, a bela moça que se casara na véspera, fora devolvida à casa dos pais porque o marido viu que não era virgem. "Senti que era eu quem ia morrer", disse minha irmã. "Mas por mais que virassem essa história do direito e do avesso, ninguém podia me explicar como foi que o pobre Santiago Nasar acabou metido em tal complicação." A única coisa que sabia com certeza era que os irmãos de Ângela Vicário o estavam esperando para matá-lo.

Minha irmã voltou a casa mordendo-se por dentro para não chorar. Encontrou minha mãe na sala de jantar, com um vestido dominical de flores azuis que vestira para a eventualidade do bispo vir nos cumprimentar, e estava cantando o fado do amor invisível enquanto arrumava a mesa. Minha irmã notou que havia um lugar a mais que de costume.

— É para Santiago Nasar — disse-lhe minha mãe. — Me disseram que você o convidou para o café.

— Tire-o — disse minha irmã.

Então lhe contou. "Mas foi como se já o soubesse", disse-me. "O mesmo de sempre, quando a gente começa a lhe contar alguma coisa, e antes que a história chegue à metade, ela já sabe como termina." Aquela má notícia era um código cifrado para minha mãe. Santiago Nasar tinha esse nome por causa do nome dela, e ela era, além disso, sua madrinha de batismo, embora também parente de sangue de Pura Vicário, a mãe da noiva devolvida. Ainda não acabara de ouvir a notícia e já estava com os sapatos de salto e a mantilha de igreja que só usava, então, para as visitas de pêsames. Meu pai, que ouvira tudo da cama, apareceu de pijama na sala de jantar e lhe perguntou assustado aonde ia.

— Prevenir minha comadre Plácida — respondeu ela. — Não é justo que todo mundo saiba que vão matar o seu filho, e seja ela a única que não sabe.

— Temos tantos vínculos com ela como com os Vicário — disse meu pai.

— A gente deve estar sempre do lado do morto — disse ela.

Meus irmãos menores começaram a sair dos outros quartos. Os mais novos, tocados pelo tom da tragédia, começaram a chorar. Minha mãe não lhes fez caso, uma vez na vida, nem prestou atenção ao marido.

— Espere e me visto — disse-lhe ele.

Ela estava já na rua. Meu irmão Jaime, que não tinha então mais de sete anos, era o único que estava vestido para a escola.

— Acompanhe-a você — ordenou meu pai.

Jaime correu atrás dela sem saber o que acontecia nem para onde iam, e se agarrou à sua mão. "Ia falando sozinha", disse-me Jaime. "Homens de pouca moral", dizia em voz muito baixa, "animais de merda que não são capazes de fazer senão desgraças." Não se dava conta nem mesmo de que levava o menino pela mão. "Deviam ter pensado que eu estava louca", disse-me. "Só me lembro que se ouvia, de longe, barulho de muita gente, como se a festa do casamento tivesse começado de novo, e que todo mundo corria em direção à praça." Apressou o passo, com a determinação de que era capaz quando uma vida estava em jogo, até que alguém, que corria em sentido contrário, se compadeceu de seu desatino.

— Não se incomode, Luísa Santiaga — gritou-lhe ao passar. — Já o mataram.

Bayardo San Román, o homem que devolveu a esposa, viera pela primeira vez em agosto do ano anterior: seis meses antes do casamento. Chegou no navio semanal com uns alforjes guarnecidos de prata que combinavam com a fivela do cinto e as esporas das botas. Andava pelos trinta anos, mas muito bem escondidos, pois tinha uma cintura fina de toureiro, os olhos dourados e a pele cozinhada a fogo lento pelo salitre. Chegou com uma jaqueta curta, calça muito apertada, ambas de couro natural, e luvas de pelica da mesma cor. Magdalena Oliver viera com ele no navio e não pôde tirar-lhe os olhos de cima durante toda a viagem. "Parecia maricas", disse-me. "E seria uma pena, porque era só lambuzar de manteiga para comê-lo inteirinho." Não foi a única que pensou assim, nem mesmo a última em perceber que Bayardo San Román não era homem para conhecer à primeira vista.

Minha mãe me escreveu para o colégio em fins de agosto e me dizia em uma nota casual: "Chegou um homem muito estranho." Na carta seguinte me dizia: "O homem estranho se chama Bayardo San Román, e todo mundo diz que é encantador, mas eu não o vi." Ninguém soube nunca por que veio. A alguém que não resistiu à tentação de lhe perguntar, um pouco antes do casamento, respondeu: "Andava de povoado em povoado procurando com quem me casar." Podia ter sido verdade, mas dava no mesmo se houvesse respondido qualquer outra coisa, pois tinha uma maneira de falar que mais lhe servia para ocultar que para dizer.

Na noite em que chegou deu a entender no cinema que era engenheiro ferroviário, e falou da urgência de construir uma ferrovia até o interior para prevenir as veleidades do rio. No dia seguinte precisou mandar um telegrama e ele mesmo o transmitiu com o manipulador, depois ensinou ao telegrafista uma fórmula sua para continuar usando as pilhas gastas. Com o mesmo conhecimento de causa falara de enfermidades fronteiriças com um médico militar que, naqueles meses, por ali passara fazendo o recrutamento. Gostava de festas ruidosas e longas, mas sabia beber, era apartador de brigas e inimigo de brincadeiras de mão. Um domingo depois da missa desafiou os mais destros nadadores, que eram muitos, e deixou para trás os melhores com vinte braçadas de ida e volta através do rio. Minha mãe me contou isso numa carta, e no fim fez um comentário muito seu: "Parece também que está nadando em ouro." Isto confirmava a lenda prematura de que Bayardo San Román não era capaz apenas de fazer tudo, e fazê-lo muito bem, senão que dispunha de recursos intermináveis.

Minha mãe lhe deu a aprovação final em uma carta de outubro. "As pessoas gostam muito dele", dizia-me, "porque é honrado e de bom coração, e no domingo passado comungou de joelhos e ajudou a missa em latim." Naquele tempo não era permitido comungar de pé e só se oficiava a missa em latim, mas minha mãe costuma dar esse tipo de detalhes supérfluos quando quer chegar ao fundo das coisas. Apesar de tudo, depois desse veredito consagratório, ela me escreveu mais duas cartas nas quais nada me dizia sobre Bayardo San Román, nem mesmo quando já era sabido que queria casar com

Ângela Vicário. Só muito depois do infeliz casamento é que ela me confessou que o havia conhecido quando já era tarde para corrigir a carta de outubro, e que seus olhos de ouro tinham provocado nela um estremecimento de espanto.

— Achei-o parecido com o diabo — disse-me — mas você mesmo disse que não se deve dizer essas coisas por escrito.

Conheci-o pouco depois dela, quando vim de férias no Natal, e não o achei tão estranho como diziam. Era atraente, de fato, mas muito diferente da visão idílica de Magdalena Oliver. Achei-o mais sério do que suas travessuras faziam crer, e de uma tensão recôndita mal disfarçada por suas atenções exageradas. Ele me pareceu, especialmente, um homem muito triste. Já então havia formalizado o seu compromisso de amor com Ângela Vicário.

Nunca se estabeleceu bem como se conheceram. A proprietária da pensão de solteiros onde vivia Bayardo San Román contava que ele fazia a sesta em uma cadeira de balanço da sala, em fins de setembro, quando Ângela Vicário e a mãe atravessaram a praça com duas cestas de flores artificiais. Vestiam luto fechado e pareciam ser os únicos seres vivos no sossego das duas da tarde. Bayardo San Román, acordando, perguntou quem era a mais jovem. A proprietária respondeu que era a filha mais moça da mulher que a acompanhava, e que se chamava Ângela Vicário. Bayardo San Román seguiu-as com o olhar até a outra extremidade da praça.

— Tem um nome muito bem posto — disse.

Em seguida recostou a cabeça no espaldar da cadeira e voltou a fechar os olhos.

— Quando acordar — disse — lembre-me que vou me casar com ela.

Ângela Vicário contou-me que a proprietária da pensão lhe havia falado deste episódio antes que Bayardo San Román lhe propusesse namoro. "Eu me assustei muito", disse-me. Três pessoas que estavam na pensão confirmaram que o episódio ocorrera, outras quatro, não. Em compensação, todas as versões concordavam em que Ângela Vicário e Bayardo San Román tinham se visto pela primeira vez nas festas nacionais de outubro, durante uma *verbena*[3] de caridade em que ela foi encarregada de cantar as rifas. Bayardo San Román chegou à *verbena* e foi direto ao balcão atendido pela lânguida rifadora, de luto fechado até o pulso, e lhe perguntou quanto custava a escaleta com incrustações de madrepérola que seria a atração maior da feira. Ela respondeu que não estava à venda, seria rifada.

— Melhor — disse ele — assim será mais fácil, e além disso mais barata.

Ela me confessou que conseguira impressioná-la, mas por razões contrárias ao amor. "Eu detestava os homens arrogantes, e nunca tinha visto um com tanta vaidade", disse-me, evocando aquele dia. "E depois, pensei que era polaco." Sua contrariedade foi maior quando cantou a rifa da escaleta, em meio à ansiedade de todos, e, de fato, Bayardo San Román a ganhou. Não podia imaginar que ele, só para impressioná-la, comprara todos os números da rifa.

Naquela noite, quando voltou a casa, Ângela Vicário encontrou a escaleta embrulhada em papel de presente e enfeitada com um laço de organza. "Nunca descobri como soube que era meu aniversário", disse-me. Custou-lhe muito convencer os pais de que não tinha dado nenhum motivo a Bayardo San Román para que lhe mandasse tal presente, e menos ainda de uma maneira tão visível que não passou despercebida a ninguém. De modo que seus irmãos mais velhos, Pedro e Pablo, levaram a escaleta ao hotel para devolvê-la a seu dono, e o fizeram com tal inabilidade que não houve ninguém que não a visse ir e voltar. A única coisa com que a família não contou foi com

---

[3] *Verbena* — Festa ou feira que em Madri e outras cidades se celebra na noite da véspera de Santo Antônio, São João e São Pedro. (*N. do T.*)

os encantos irresistíveis de Bayardo San Román: os gêmeos não reapareceram até o amanhecer do dia seguinte, trôpegos de bebedeira, levando outra vez a escaleta e também Bayardo San Román para continuar a farra em casa.

Ângela Vicário era a filha menor de uma família de escassos recursos. O pai, Pôncio Vicário, era ourives de pobres, e sua vista se acabou de tanto fazer primores de ouro para manter a honra da casa. Puríssima del Carmen, a mãe, tinha sido professora primária até que casou para sempre. O aspecto manso e um tanto amargurado disfarçava muito bem o rigor de seu caráter. "Parecia uma freira", recorda Mercedes. Consagrou-se com tal espírito de sacrifício na atenção ao marido e à criação dos filhos que a gente esquecia às vezes que continuava existindo. As duas filhas mais velhas tinham se casado muito tarde. Além dos gêmeos, tiveram uma filha que morreu de febres crepusculares, e dois anos depois continuavam guardando um luto aliviado dentro da casa, mas rigoroso na rua. Os irmãos foram criados para ser homens. Elas tinham sido educadas para casar. Sabiam bordar em bastidor, costurar à máquina, tecer renda de bilro, lavar e passar, fazer flores artificiais e doces de fantasia, e redigir participações de cerimônia. À diferença das moças da época, que se haviam descuidado do culto da morte, as quatro eram mestras na antiga ciência de velar os enfermos, confortar os moribundos e amortalhar os mortos. A única coisa que minha mãe censurava nelas era o costume de se pentear antes de dormir. "Meninas", dizia-lhes, "não se penteiem de noite que os navegantes se atrasam." Exceto por isso, pensava que não havia filhas mais bem-educadas. "São perfeitas", ouvia-a dizer com frequência. "Qualquer homem será feliz com elas, porque foram criadas para sofrer." Todavia, foi difícil aos que se casaram com as duas mais velhas romper o cerco, porque iam juntas a todas as partes, organizavam bailes só de mulheres e estavam sempre predispostas a encontrar segundas intenções nos desígnios dos homens.

Ângela Vicário era a mais bela das quatro, e minha mãe dizia que nascera como as grandes rainhas da história, com o cordão umbilical enrolado no pescoço. Tinha, porém, um ar de desamparo e uma pobreza de espírito que lhe auguravam um futuro duvidoso. Eu voltava a vê-la ano após ano, durante minhas férias de Natal, e cada vez parecia mais desprotegida na janela de sua casa, onde se sentava às tardes para fazer flores de pano e cantar valsas de solidão com as vizinhas. "Já está na hora de colher aquela sua prima boba", dizia-me Santiago Nasar. De repente, pouco antes do luto pela irmã, encontrei-a na rua pela primeira vez, vestida de mulher, o cabelo crespo, e mal pude acreditar que fosse a mesma. Mas foi uma visão momentânea: sua pobreza de espírito se agravava com os anos. Tanto que quando se soube que Bayardo San Román queria casar com ela, muitos pensaram que fosse uma piada de mau gosto de forasteiro.

A família não apenas o tomou a sério, mas com uma grande alegria. Menos Pura Vicário, que impôs a condição de que Bayardo San Román provasse sua identidade. Até então ninguém sabia quem era. Seu passado não ia além da tarde em que desembarcou com seus enfeites de artista, e era tão reservado sobre sua origem que até a invenção mais doida podia ser verdadeira. Chegou-se a dizer que tinha arrasado povoados e semeado o terror em Casanare como comandante de tropa, que era prófugo de Caiena, que o tinham visto em Pernambuco tentando enriquecer com um casal de ursos amestrados, e que tinha resgatado os restos de um galeão espanhol carregado de ouro no canal dos Ventos. Bayardo San Román pôs um fim a tantas conjeturas com um recurso simples: trouxe a família toda.

Eram quatro: o pai, a mãe e duas irmãs perturbadoras. Chegaram em um Ford T de placa oficial e buzina foom que alvoroçou as ruas às onze da manhã. A mãe, Alberta Simonds, uma grande mulata grande de Curaçau, falava um castelhano ainda atravessado de *papiamento*,[4] e tinha sido proclamada em sua juventude a mais bela entre as 200 mais belas das Antilhas. As irmãs, acabadas de florescer, pareciam duas potrancas fogosas. Mas o grande trunfo era o pai: o general Petrônio San Román, herói das guerras civis do século anterior, e uma das glórias maiores do regime conservador porque pôs em fuga o coronel Aureliano Buendía no desastre de Tucurinca. Só minha mãe não foi cumprimentá-lo quando soube quem era. "Achava muito natural que casassem", disse-me. "Mas uma coisa era isso, e outra, muito diferente, dar a mão a um homem que ordenou atirar em Gerineldo Márquez pelas costas." Desde que apareceu pela janela do carro saudando com o sombreiro branco, todos o reconheceram pela fama de seus retratos. Vestia um terno de linho cor de trigo, botas de couro de cabra com os cordões cruzados e uns espelhinhos de ouro presos com pinças no meio do nariz e sustentados por uma corrente na botoeira do colete. Levava a medalha do valor na lapela e um bastão com o escudo nacional esculpido na maçã. Foi o primeiro que desceu do carro, inteiramente coberto pelo pó ardente de nossas estradas ruins, e não precisou voltar a aparecer no pescante para que todo mundo entendesse que Bayardo San Román casaria com quem quisesse.

Era Ângela Vicário que não queria casar com ele. "Parecia muito homem para mim", disse-me. Além disso, Bayardo San Román não tinha sequer tentado conquistá-la, antes enfeitiçou a família com seus encantos. Ângela Vicário não esqueceu nunca o horror da noite em que seus pais e suas irmãs mais velhas com seus maridos, reunidos na

---

[4] *Papiamento* — Diz-se do idioma ou língua nativa de Curaçau. (*N. do T.*)

sala da casa, impuseram-lhe a obrigação de casar com um homem que mal tinha visto. Os gêmeos se mantiveram à margem. "Achamos que eram bobagens de mulher", disse-me Pablo Vicário. O argumento decisivo dos pais foi que uma família dignificada pela pobreza não tinha direito de desprezar aquele prêmio do destino. Ângela Vicário mal se atreveu a insinuar o inconveniente da falta de amor, porque a mãe o demoliu com uma única frase:

— O amor também se aprende.

À diferença dos noivados da época, que eram longos e vigiados, o deles foi de apenas quatro meses pela pressa de Bayardo San Román. Não foi mais curto porque Pura Vicário exigiu que esperassem o término do luto da família. O tempo, porém, passou sem aflições pela maneira irresistível com que Bayardo San Román arranjava as coisas. "Uma noite me perguntou qual era a casa que mais me agradava", contou-me Ângela Vicário. "E eu respondi, sem saber para o que era, que a mais bonita do povoado era a quinta do viúvo de Xius." Eu teria dito o mesmo. Estava numa colina varrida pelos ventos, do terraço via-se o paraíso sem limites dos lodaçais cobertos de anêmonas roxas, e, nos dias claros do verão, o horizonte nítido do Caribe e os transatlânticos de turistas de Cartagena de Índias. Bayardo San Román foi naquela mesma noite ao Clube Social e sentou-se à mesa do viúvo de Xius para jogar uma partida de dominó.

— Viúvo — disse-lhe — compro sua casa.

— Não está à venda — disse o viúvo.

— Compro com tudo o que tem dentro.

O viúvo de Xius explicou-lhe com uma boa educação à antiga que os objetos da casa tinham sido comprados pela esposa em toda uma vida de sacrifícios, e que para ele continuavam sendo uma parte dela. "Falava com a alma na mão", disse-me o doutor Dionísio Iguarán,

— 30 —

que jogava com eles. "Eu estava certo que preferia morrer a vender uma casa onde tinha sido feliz durante mais de 30 anos." Bayardo San Román também compreendeu suas razões.

— Concordo — disse. — Então venda-me a casa vazia.

O viúvo se defendeu até o final da partida. Depois de três noites, mais bem preparado, Bayardo San Román voltou à mesa de dominó.

— Viúvo — começou de novo — quanto custa a casa?

— Não tem preço.

— Diga qualquer um.

— Sinto muito, Bayardo — disse o viúvo — mas vocês, jovens, não entendem as razões do coração.

Bayardo San Román não fez pausa para pensar.

— Digamos cinco mil pesos — falou.

— Está brincando — retrucou o viúvo com a dignidade alerta. — Aquela casa não vale tanto.

— Dez mil — disse Bayardo San Román. — Agora mesmo, uma nota em cima da outra.

O viúvo olhou-o com os olhos cheios de lágrimas. "Chorava de raiva", disse-me o doutor Dionísio Iguarán, que além de médico era homem de letras. "Imagine: uma tal importância ao alcance da mão, e ter que dizer não por uma simples fraqueza do espírito." O viúvo de Xius perdeu a voz, mas negou, sem vacilação, com a cabeça.

— Então me faça um último favor — disse Bayardo San Román. — Espere aqui cinco minutos.

Cinco minutos depois, realmente, voltou ao Clube Social com os alforjes chapados de prata e pôs sobre a mesa dez maços de notas de mil ainda com as cintas impressas do Banco do Estado. O viúvo de Xius morreu dois anos depois. "Morreu disso", dizia o doutor Dionísio Iguarán. "Estava mais sadio que nós, mas quando a gente o auscultava sentia borbulhar as lágrimas dentro do seu coração." Não só havia vendido a casa com tudo o que tinha dentro, como pediu a Bayardo San Román que fosse pagando pouco a pouco porque não lhe sobrara um único baú de consolação para guardar tanto dinheiro.

Ninguém teria pensado, nem o disse, que Ângela Vicário não era virgem. Não se lhe conhecera nenhum noivo anterior e ela crescera junto com as irmãs sob o rigor de uma mão de ferro. Mesmo quando faltavam menos de dois meses para casar, Pura Vicário não permitiu que fosse sozinha com Bayardo San Román conhecer a casa em que iam viver, a menos que ela e o pai cego a acompanhassem para custodiar-lhe a honra. "Só pedia a Deus coragem para me matar", disse-me Ângela Vicário. "Mas não me deu." Estava tão aturdida que resolveu contar a verdade à mãe para se livrar daquele martírio, quando suas duas únicas confidentes, que a ajudavam a fazer flores de pano junto à janela, dissuadiram-na de sua boa intenção. "Obedeci às cegas", disse-me, "porque me fizeram acreditar que conheciam bem as safadezas dos homens." Garantiram a ela que quase todas as mulheres perdiam a virgindade em acidentes de infância. Insistiram em que mesmo os maridos mais difíceis se resignavam com qualquer coisa desde que ninguém soubesse. Convenceram-na, enfim, de que a maioria dos homens chegava tão assustada na noite de núpcias que era incapaz de fazer qualquer coisa sem a ajuda da mulher e na hora da verdade não podia responder por seus próprios atos. "Só acreditam no que veem nos lençóis", disseram. E assim lhe ensinaram artimanhas de comadre para fingir a pureza perdida, e para que pudesse exibir em sua primeira manhã de recém-casada, aberto ao sol no pátio de sua casa, o lençol de linho com a mancha da honra.

Casou-se com essa ilusão. Bayardo San Román, por sua vez, devia ter se casado com a ilusão de comprar a felicidade com o peso descomunal de seu poder e sua fortuna, pois quanto mais aumentavam os planos da festa, mais ideias loucas tinha para fazê-la ainda maior. Quando se anunciou a visita do bispo, tratou de adiar o casamento por um dia, para que ele os casasse, mas Ângela Vicário se opôs. "A verdade", disse-me, "é que eu não queria a bênção de um homem que só cortava as cristas para a sopa e jogava o resto do galo no lixo." Apesar disso, mesmo sem a bênção do bispo, a festa ganhou uma força própria tão difícil de controlar que escapou até mesmo das mãos de Bayardo San Román e acabou transformando-se em um acontecimento público.

O general Petrônio San Román e sua família vieram desta vez no navio de cerimônias do Congresso Nacional, que permaneceu atracado no molhe até o fim da festa, e com eles muita gente ilustre que, apesar de tudo, passou inadvertida no tumulto de caras novas. Trouxeram tantos presentes que foi preciso restaurar o esquecido local da primeira estação elétrica para exibir os mais admiráveis, e o resto levaram diretamente à antiga casa do viúvo de Xius, já preparada para receber os recém-casados. Deram ao noivo um automóvel conversível com seu nome gravado em letras góticas sob o escudo da fábrica. À noiva, um aparelho de jantar de ouro puro para vinte e quatro convidados. Trouxeram, também, um espetáculo de bailarinas e duas orquestras de valsa que destoaram das bandas locais, as muitas *papayeras*[5] e grupos de acordeons que vinham animados pelo ruído da festança.

A família Vicário vivia em uma casa modesta, paredes de tijolos e um teto de palma arrematado por duas trapeiras onde, em janeiro, as andorinhas se metiam para chocar. Na frente, um terraço ocupado quase completamente por vasos de flores, e um grande quintal com galinhas soltas e árvores frutíferas. No fundo do quintal, os gêmeos

---

[5] *Papayeras* — Bandas populares, típicas da costa colombiana, integradas, muitas vezes, por até 20 músicos, à base de tambores, instrumentos de sopro e acordeom. (*N. do T.*)

tinham um chiqueiro, a pedra de sacrifícios e a mesa de corte, uma boa fonte de recursos domésticos desde que Pôncio Vicário ficou cego. Pedro Vicário começara o negócio, mas quando foi fazer o serviço militar, o irmão aprendeu o ofício de magarefe.

O interior da casa mal chegava para viver. Por isso as irmãs mais velhas trataram de pedir uma casa emprestada quando souberam do tamanho da festa.

"Imagine", disse-me Ângela Vicário, "tinham até pensado na casa de Plácida Linero, mas por sorte meus pais teimaram com a história de sempre: ou nossas filhas se casam no nosso chiqueiro ou não se casam." Então pintaram a casa no amarelo original, enfeitaram as portas, consertaram os pisos e a deixaram tão digna quanto possível para um casamento de tanta ostentação. Os gêmeos levaram os porcos para outro local e sanearam a pocilga com cal viva, mas ainda assim viram que faltaria espaço. Finalmente, por iniciativa de Bayardo San Román, derrubaram as cercas do pátio, pediram emprestadas para dançar as casas contíguas e puseram grandes mesas de carpinteiro para sentar e comer sob a folhagem dos tamarindos.

O único susto foi causado pelo noivo que, na manhã do casamento, chegou para buscar Ângela Vicário com duas horas de atraso, enquanto ela recusava vestir-se de noiva até que o visse em casa. "Imagine", disse-me, "teria até ficado alegre se não chegasse; nunca, porém, que me deixasse vestida." Sua cautela pareceu natural porque não havia prejuízo público mais vergonhoso para uma mulher que ficar plantada com o vestido de noiva. Em compensação, o fato de que Ângela Vicário se atrevesse a pôr o véu e as flores de laranjeira sem ser virgem havia de ser interpretado depois como uma profanação dos símbolos da pureza. Só minha mãe considerou um ato de coragem o fato de ela haver jogado com cartas marcadas até as últimas consequências. "Naquele tempo", explicou-me, "Deus entendia essas coisas." Ao contrário, ninguém soube ainda com que cartas jogou Bayardo San Román. Desde que apareceu, afinal, de levita e cartola, até que fugiu do baile com a criatura de seus tormentos foi a imagem perfeita do noivo feliz.

Também nunca se soube com que cartas jogou Santiago Nasar. Eu estive com ele todo o tempo, na igreja e na festa, com Cristo Bedoya e meu irmão Luís Henrique, e nenhum de nós vislumbrou a menor mudança em seu modo de ser. Precisei repetir isto muitas vezes, pois nós os quatro tínhamos crescido juntos na escola e depois no mesmo bando de férias, e não era concebível, a nenhum de nós, que tivéssemos um segredo sem compartilhar, e mais ainda um segredo tão grande.

Santiago Nasar era um homem de festas, e seu maior prazer ele o teve na véspera de sua morte, calculando o custo do casamento. Estimou que a decoração floral da igreja custara tanto quanto 14 enterros de primeira classe. Essa avaliação havia de me perseguir durante muitos anos, pois Santiago Nasar me disse muitas vezes que o cheiro das flores em recinto fechado tinha para ele uma relação imediata com a morte, e naquele dia o repetiu ao entrar no templo. "Não quero flores no meu enterro", disse-me, sem pensar que eu trataria disso no dia seguinte. No trajeto da igreja à casa dos Vicário fez a conta das grinaldas coloridas que decoraram as ruas, calculou o preço da música e dos foguetes, e até da chuva de arroz com que nos receberam na festa. No torpor do meio-dia os recém-casados realizaram a ronda dos quintais. Bayardo San Román fizera-se muito nosso amigo, amigo de tragos, como se dizia então, e parecia muito à vontade em nossa mesa. Ângela Vicário, sem o véu e a coroa, o vestido de cetim ensopado de suor, tinha assumido de imediato seu rosto de mulher casada. Santiago Nasar calculava, e disse a Bayardo San Román, que o casamento já estava custando até aquele momento uns nove mil pesos. Foi evidente que ela o entendeu como uma impertinência. "Minha mãe me ensinou que nunca se deve falar de dinheiro diante de estranhos", disse-me. Bayardo San Román, em compensação, recebeu-o de bom grado e até com uma certa arrogância.

— Quase — disse — mas estamos apenas começando. No fim chegará mais ou menos ao dobro.

Santiago Nasar se dispôs a apurar até o último centavo, e só teve vida para isso. De fato, com os dados finais que Cristo Bedoya lhe deu no dia seguinte no porto, 45 minutos antes de morrer, comprovou que o cálculo de Bayardo San Román tinha sido exato.

Eu conservava uma lembrança muito confusa da festa antes de me decidir a resgatá-la aos pedaços da memória alheia. Durante anos, em minha casa, continuaram falando que meu pai voltara a tocar o violino de sua juventude em honra dos recém-casados, que minha irmã freira dançou um *merengue*[6] com o hábito de rodeira, e que o doutor Dionísio Iguarán, primo irmão de minha mãe, conseguiu viajar no navio oficial para não estar aqui no dia seguinte quando viesse o bispo. No curso das indagações para esta crônica recuperei numerosas vivências marginais, e entre elas a imagem graciosa das irmãs de Bayardo San Román, cujos vestidos de veludo com grandes asas de borboletas, presas com pinças de ouro nas costas, chamaram mais atenção que o penacho de plumas e a couraça de medalhas de guerra do pai. Muitos sabiam que na inconsciência da farra propus a Mercedes Barcha que se casasse comigo, quando mal havia terminado a escola primária, tal como ela mesma me recordou quando nos casamos catorze anos depois. A imagem mais intensa que sempre conservei daquele indesejável domingo foi a do velho Pôncio Vicário, sozinho, sentado num tambo-

---

[6] *Merengue* — Dança e música popular, característica de regiões da costa colombiana e de alguns países do Caribe. (*N. do T.*)

rete no meio do quintal. Colocaram-no ali pensando talvez que era o lugar de honra, e os convidados tropeçavam nele, confundiam-no com outra pessoa, mudavam-no de lugar para que não estorvasse, e ele mexia a cabeça branca para todos os lados com uma expressão errática de cego muito recente, respondendo a perguntas que não eram para ele e rápidos cumprimentos que ninguém lhe fazia, feliz em seu cerco de esquecimento, com a camisa de colarinho duro e o bastão de guaiaco que lhe compraram para a festa.

O ato formal terminou às seis da tarde quando os convidados de honra se despediram. O navio foi embora com as luzes acesas, deixando uma trilha de valsas de pianola, e, por um instante, ficamos à deriva sobre um abismo de dúvidas, até que voltamos a nos reconhecer uns aos outros e nos afundamos na bagunça da festa. Os recém-casados apareceram pouco depois no automóvel conversível, abrindo caminho a duras penas no tumulto. Bayardo San Román soltou foguetes, tomou aguardente das garrafas que a multidão lhe oferecia, e desceu do carro com Ângela Vicário para entrar na roda da *cumbiamba*.[7] Por último, ordenou que continuássemos dançando por sua conta enquanto tivéssemos vida, e levou a esposa aterrorizada para a casa de seus sonhos, onde tinha sido feliz o viúvo de Xius.

A festança pública dispersou-se em fragmentos por volta da meia-noite, e só o negócio de Clotilde Armenta, em um dos lados da praça, ficou aberto. Santiago Nasar e eu, com meu irmão Luís Henrique e Cristo Bedoya, fomos para a casa de tolerância de Maria Alexandrina Cervantes. Por ali passaram, entre muitos outros, os irmãos Vicário, e estiveram bebendo conosco e cantando com Santiago Nasar cinco horas antes de matá-lo. Deviam permanecer ainda alguns rescaldos dispersos da festa original, pois de todos os lados nos chegavam lufadas

---

[7] *Cumbiamba* — Dança de roda colombiana, muito popular na costa atlântica. (*N. do T.*)

de música e discussões remotas, e continuaram chegando, cada vez mais tristes, até muito pouco antes de que bramisse o navio do bispo.

Pura Vicário contou à minha mãe que se deitara às onze da noite, depois que as filhas mais velhas a ajudaram a pôr um pouco de ordem nos estragos do casamento. Aí pelas dez, quando ainda alguns bêbados permaneciam cantando no quintal, Ângela Vicário mandara pedir uma malinha de coisas pessoais que estava no guarda-roupa de seu quarto, e ela quis mandar também uma mala com a roupa do dia a dia, mas o portador estava com pressa. Dormia profundamente quando bateram à porta. "Foram três toques muito leves", contou à minha mãe, "mas tinham essa coisa estranha das más notícias." Contou que abrira a porta sem acender a luz para não acordar ninguém, e viu Bayardo San Román no resplendor do lampião público, a camisa desabotoada e a calça de fantasia sustentada por suspensórios elásticos. "Tinha essa cor verde dos sonhos", disse Pura Vicário à minha mãe. Ângela Vicário estava na sombra e, assim, ela só a viu quando Bayardo San Román a agarrou pelo braço e a pôs na luz. Levava o vestido de cetim em tiras e se enrolava em uma toalha até a cintura. Pura Vicário pensou que tinham despencado com o carro e estavam mortos no fundo de um precipício.

— Ave Maria Puríssima — disse aterrorizada. — Respondam se ainda são deste mundo.

Bayardo San Román não entrou, com suavidade empurrou a esposa para o interior da casa, sem dizer uma palavra. Depois beijou Pura Vicário na face e lhe falou com uma voz de profundo desalento mas com muita ternura.

— Obrigado por tudo, mãe — disse-lhe. — A senhora é uma santa.

Só Pura Vicário soube o que fez nas duas horas seguintes, e foi para a morte com seu segredo. "Só me lembro que segurava meu cabelo com uma mão e batia com a outra com tanta raiva que pensei que ia me matar", contou-me Ângela Vicário. Mas até isso ela fez com tanta discrição que o marido e as filhas mais velhas, dormindo nos outros quartos, de nada souberam até o amanhecer, quando já estava consumado o desastre.

Os gêmeos voltaram a casa um pouco antes das três, chamados com urgência pela mãe. Encontraram Ângela Vicário atirada, de bruços, no sofá da sala de jantar, o rosto macerado de golpes, mas não chorava mais. "Não estava mais assustada", ela me disse. "Pelo contrário: sentia como se, afinal, tivesse tirado de cima de mim a angústia da morte, e só queria que tudo terminasse logo para me deitar e dormir." Pedro Vicário, o mais decidido dos irmãos, levantou-a no ar pela cintura e a sentou na mesa da sala de jantar.

— Ande, menina — disse-lhe tremendo de raiva — diga quem foi.

Ela demorou apenas o tempo necessário para dizer o nome. Buscou-o nas trevas, encontrou-o à primeira vista entre tantos e tantos nomes confundíveis deste mundo e do outro, e o deixou cravado na parede com o seu dardo certeiro, como a uma borboleta indefesa cuja sentença estava escrita desde sempre.

— Santiago Nasar — disse.

O advogado sustentou a tese do homicídio em legítima defesa da honra, admitida pelo tribunal da consciência, e os gêmeos declararam ao fim do julgamento que voltariam a fazer mil vezes o que fizeram pelos mesmos motivos. Foram eles que vislumbraram o recurso da defesa porque se renderam ante sua igreja poucos minutos depois do crime. Irromperam ofegantes na Casa Paroquial, perseguidos de perto por um grupo de árabes encolerizados, e depuseram suas facas com o aço limpo na mesa do padre Amador. Ambos estavam exaustos pelo bárbaro trabalho da morte, tinham a roupa e os braços empapados e a cara lambuzada de suor e sangue ainda vivo, mas o pároco lembrava-se da rendição como um ato de grande dignidade.

— Nós o matamos conscientes — disse Pedro Vicário — mas somos inocentes.

— Talvez diante de Deus — disse o padre Amador.

— Diante de Deus e dos homens — disse Pablo Vicário. — Foi uma questão de honra.

Mais ainda: na reconstituição dos fatos, fingiram um encarniçamento muito mais cruel que o da realidade, ao ponto extremo de que foi necessário reparar, com dinheiro público, a porta principal da casa de Plácida Linero, desportilhada a ponta de faca. No xadrez[8] de Riohacha, onde estiveram três anos à espera do julgamento, porque não tinham como pagar a fiança para a liberdade condicional, os reclusos mais antigos lembravam-se deles por seu bom caráter e espírito social, mas nunca perceberam qualquer indício de arrependimento. Entretanto, a realidade parecia indicar que os irmãos Vicário não fizeram nada do que convinha para matar Santiago Nasar de imediato e sem espetáculo público, antes fizeram muito mais do que se poderia imaginar para que alguém os impedisse de matá-lo, e não o conseguiram.

Segundo me disseram anos depois, tinham começado por procurá-lo na casa de Maria Alexandrina Cervantes, onde estiveram com ele até as duas. Este dado, como muitos outros, não foi registrado no sumário. Em verdade, Santiago Nasar já não estava lá à hora em que os gêmeos dizem que foram buscá-lo, pois tínhamos saído para uma ronda de serenatas e em todo caso não é certo que tivessem ido. "Jamais teriam voltado a sair daqui", disse-me Maria Alexandrina Cervantes, e conhecendo-a tão bem, nunca o pus em dúvida. Foram, porém, esperá-lo na casa de Clotilde Armenta, pois sabiam que por ali passaria meio mundo, menos Santiago Nasar. "Era o único lugar aberto", declararam ao juiz instrutor. "Cedo ou tarde passaria por ali", disseram a mim, depois de absolvidos. Entretanto, qualquer um sabia que a porta principal da casa de Plácida Linero permanecia trancada por dentro, inclusive durante o dia, e que Santiago Nasar levava sempre as chaves da entrada dos fundos. Por ali entrou de volta a casa, com efeito, quando fazia mais de uma hora que os gêmeos Vicário o esperavam do outro lado, e se depois saiu pela porta da praça para receber o bispo,

---

[8] No original, *panóptico*, edifício e, especialmente, cadeia construída de modo que de um só ponto se possa observar todo o seu interior. (*N. do T.*)

isso só aconteceu por uma razão tão imprevista que o próprio juiz instrutor do sumário não conseguiu entender.

Nunca houve morte mais anunciada. Depois que a irmã lhes revelou o nome, os gêmeos Vicário passaram pelo depósito do chiqueiro, onde guardavam os instrumentos de sacrifício, e escolheram as duas facas melhores: uma de retalhar, de 25 centímetros de comprimento por seis de largura, e outra de limpar, de 17 centímetros de comprimento por quatro de largura. Enrolaram em um pano de cozinha e saíram para o mercado de carnes, onde mal começavam a abrir alguns negócios. Os primeiros fregueses eram escassos, mas 22 pessoas declararam ter ouvido tudo quanto disseram, e todas concordavam na impressão de que o disseram com o único propósito de serem ouvidos. Faustino Santos, um açougueiro amigo, viu-os entrar às 3h20m quando acabava de abrir seu balcão de tripas, e não entendeu por que chegavam numa segunda-feira e tão cedo, e ainda com a roupa escura do casamento. Estava acostumado a vê-los nas sextas-feiras, mas um pouco mais tarde, e com os aventais de couro que usavam para a matança. "Achei que estavam tão bêbados", disse-me Faustino Santos, "que não apenas tinham se enganado de hora mas também de dia." Lembrou-lhes que era segunda-feira.

— Quem é que não sabe, espertinho? — respondeu de bons modos Pablo Vicário. — Só viemos afiar as facas.

E as afiaram na pedra giratória, como o faziam sempre: Pedro segurando as duas facas e as alternando na pedra, Pablo dando voltas à manivela. Enquanto isso, falavam do luxo do casamento aos outros açougueiros. Alguns se queixaram por não haver recebido seu pedaço de torta, embora companheiros de ofício, e eles prometeram mandar mais tarde. Por último, fizeram as facas cantar na pedra, e Pablo pôs a sua junto a uma lâmpada para que o aço brilhasse.

— Vamos matar Santiago Nasar — disse.

Tinham a reputação de gente boa tão bem fundada que ninguém lhes deu importância. "Pensamos que era só papo de bêbado", declararam vários açougueiros, a mesma coisa que Victória Guzmán e tantas outras pessoas que os viram depois. Um dia eu havia de perguntar aos açougueiros se o ofício de magarefe não revelava uma alma predisposta a matar um ser humano. Protestaram: "Quando a gente sacrifica um animal não se atreve a olhá-lo nos olhos." Um deles me disse que não podia comer a carne do animal que degolava. Outro me disse que não seria capaz de sacrificar uma vaca que tivesse conhecido antes, e muito menos se houvesse tomado seu leite. Lembrei-lhe que os irmãos Vicário sacrificavam os mesmos porcos que criavam, tão familiares que os distinguiam por seus nomes. "É verdade", retrucou um. "Agora repare que não punham nome de gente neles, mas de flores." Faustino Santos foi o único que percebeu uma luz de verdade na ameaça de Pablo Vicário, e lhe perguntou de brincadeira por que precisavam matar Santiago Nasar com tantos ricos que mereciam morrer primeiro.

— Santiago Nasar sabe por quê — respondeu-lhe Pedro Vicário.

Faustino Santos contou-me que ficara com a dúvida e a comunicou a um policial que, um pouco mais tarde, veio comprar meio quilo de fígado para o desjejum do prefeito. O policial, de acordo com o sumário, chamava-se Leandro Pornoy, e morreu no ano seguinte com uma cornada de touro na jugular durante os dias santos. Por isso nunca pude falar com ele, mas Clotilde Armenta me confirmou que foi a primeira pessoa que esteve em seu estabelecimento quando os gêmeos já tinham se sentado para esperar.

Clotilde Armenta acabava de substituir o marido no balcão. Era o sistema habitual. A casa vendia leite ao amanhecer, víveres durante o dia e se transformava em cantina a partir das seis da tarde. Clotilde

Armenta abria às 3h30m da madrugada. O marido, o bom Dom Rogélio de la Flor, encarregava-se da cantina até a hora de fechar. Naquela noite, porém, apareceram tantos fregueses extraviados do casamento que ele se deitou depois das três sem ter fechado, e já Clotilde Armenta se levantara, mais cedo que de costume, porque queria terminar sua tarefa antes da chegada do bispo.

Os irmãos Vicário entraram às 4h10m. A essa hora só vendia coisas de comer, mas Clotilde Armenta vendeu-lhes uma garrafa de aguardente, não apenas pelo apreço que sentia por eles, mas também porque estava muito agradecida pelo pedaço de bolo de casamento que recebera. Beberam a garrafa inteira com dois grandes goles, e continuaram impávidos. "Estavam petrificados", disse-me Clotilde Armenta, "e não conseguiriam levantar a pressão nem com petróleo de navio." Em seguida tiraram os casacos, penduraram com muito cuidado no espaldar da cadeira e pediram outra garrafa. Estavam com a camisa suja de suor seco e a barba do dia anterior, o que lhes dava um aspecto desagradável. Tomaram a segunda garrafa mais devagar, sentados, olhando com insistência para a casa de Plácida Linero, janelas apagadas, na calçada da frente. A maior dessas janelas, a do balcão, era a do quarto de Santiago Nasar. Pedro Vicário perguntou a Clotilde Armenta se tinha visto luz naquela janela, e ela respondeu que não, mas isso lhe pareceu um interesse muito estranho.

— Aconteceu alguma coisa a ele? — perguntou.

— Nada — respondeu Pedro Vicário. — A gente só está querendo matá-lo.

Foi uma resposta tão espontânea que ela não pôde acreditar que fosse verdadeira. Reparou, contudo, que os gêmeos levavam duas facas de magarefe enroladas em pano de cozinha.

— E se pode saber por que querem matá-lo tão cedo? — perguntou.

— Ele sabe por quê — respondeu Pedro Vicário.

Clotilde Armenta observou-os seriamente: conhecia-os tão bem que podia distingui-los, sobretudo depois que Pedro Vicário voltou do quartel. "Pareciam duas crianças", disse-me. E essa reflexão assustou-a, pois pensou sempre que só as crianças são capazes de tudo. Logo que acabou de preparar os utensílios do leite foi acordar o marido para contar-lhe o que estava acontecendo no negócio. Dom Rogélio de la Flor ouviu-a meio adormecido.

— Não seja boba — disse-lhe — esses dois não matam ninguém, e ainda menos um rico.

Quando Clotilde Armenta voltou ao estabelecimento os gêmeos conversavam com o policial Leandro Pornoy, que fora buscar o leite do prefeito. Não ouviu o que falaram, mas supôs que tinham dito a ele alguma coisa de seus propósitos, pela maneira como observou as facas ao sair.

O coronel Lázaro Aponte levantara-se um pouco antes das quatro. Acabava de barbear-se quando o policial Leandro Pornoy revelou-lhe as intenções dos irmãos Vicário. Resolvera tantas brigas entre amigos na noite anterior que não se apressou por mais uma. Vestiu-se com calma, refez várias vezes até que ficou perfeita a gravatinha-borboleta e pendurou ao pescoço o escapulário da Congregação Mariana para receber o bispo. Enquanto tomava café com um guisado de fígado coberto de anéis de cebola, sua mulher contou-lhe muito excitada que Bayardo San Román tinha devolvido Ângela Vicário; ele, porém, não o tomou com igual dramatismo.

— Meu Deus — zombou — que é que o bispo vai pensar!

Entretanto, antes de terminar o café lembrou-se do que o ordenança lhe dissera, juntou as duas notícias e descobriu de imediato que casavam

— 45 —

perfeitamente como duas palavras de uma charada. Então foi à praça pela rua do porto novo, cujas casas começavam a reviver com a chegada do bispo. "Recordo com certeza que eram quase cinco e começava a chover", disse-me o coronel Lázaro Aponte. No trajeto, três pessoas o detiveram para lhe contar em segredo que os irmãos Vicário estavam esperando Santiago Nasar para matá-lo, mas só um soube dizer onde.

Encontrou-os no estabelecimento de Clotilde Armenta. "Quando os vi pensei que era pura fanfarronada", disse-me com sua lógica pessoal, "porque não estavam tão bêbados como eu pensava." Nem sequer os interrogou sobre suas intenções, mas tirou-lhes as facas e os mandou dormir. Tratava-os com a mesma condescendência de si mesmo com que ignorara o susto da esposa.

— Imaginem só — disse-lhes — que é que o bispo vai dizer se os encontra nesse estado!

Eles obedeceram. Clotilde Armenta sofreu mais uma desilusão com a leviandade do prefeito, pois achava que devia prender os gêmeos até esclarecer a verdade. O coronel Aponte mostrou-lhe as facas como um argumento final.

— Não têm mais com que matar ninguém — disse.

— Não é por isso — disse Clotilde Armenta. — É para livrar esses pobres rapazes do horrível compromisso que caiu em cima deles.

Pois ela o havia intuído. Tinha a certeza de que os irmãos Vicário não estavam tão ansiosos para cumprir a sentença como para encontrar alguém que lhes fizesse o favor de impedi-los. O coronel Aponte, porém, estava em paz com sua alma.

— Não se prende ninguém por suspeita — disse. — Agora é questão de prevenir Santiago Nasar, e feliz ano-novo.

Clotilde Armenta recordaria sempre que o aspecto rechonchudo do coronel Aponte causava-lhe um certo desagrado; quanto a mim, lembrava-me dele como um homem feliz, embora um pouco transtornado pela prática solitária do espiritismo aprendido por correspondência. Seu comportamento naquela segunda-feira foi a prova cabal de sua frivolidade. A verdade é que não voltou a se lembrar de Santiago Nasar até que o viu no porto, e então se felicitou por haver tomado a decisão acertada.

Os irmãos Vicário tinham contado seus propósitos a mais de doze pessoas que foram comprar leite, e estas os divulgaram por toda parte antes das seis. Clotilde Armenta achava impossível que não se soubesse de nada na casa da frente. Pensava que Santiago Nasar não estava ali, pois não vira acender-se a luz do quarto, e a todos os que pôde pediu para preveni-lo onde o vissem. Mandou dizer inclusive ao padre Amador pela noviça de serviço que foi comprar leite para as freiras. Depois das quatro, quando viu as luzes na cozinha da casa de Plácida Linero, mandou o último recado urgente a Victória Guzmán pela mendiga que todos os dias lhe pedia um pouco de leite por amor de Deus. Quando o navio do bispo bramiu, quase todo mundo estava acordado para recebê-lo, e éramos muito poucos os que não sabíamos que os gêmeos Vicário estavam esperando Santiago Nasar para matá-lo, ainda mais que se conhecia o motivo com seus pormenores completos.

Clotilde Armenta não acabara de vender o leite quando os irmãos Vicário voltaram com outras facas enroladas em folhas de jornal. Uma era de retalhar, de lâmina enferrujada e dura, de 30 centímetros de comprimento por sete de largura, feita por Pedro Vicário com o metal de uma serra, em uma época em que não havia facas alemãs por causa da guerra. A outra era mais curta, mas larga e curva. O juiz instrutor desenhou-a no sumário, talvez porque não a pudesse descrever, arriscando-se apenas a indicar que parecia um alfanje em miniatura. Foi com estas facas que cometeram o crime, ambas rudimentares e muito usadas.

Faustino Santos não entendeu o que tinha acontecido. "Vieram outra vez afiar as facas", disse-me, "e voltaram a gritar para serem ouvidos que arrancariam as tripas de Santiago Nasar; então eu achei que estavam amarrando um porre, ainda mais porque não reparei nas facas e pensei que eram as mesmas." Desta vez, porém, desde que os viu entrar, Clotilde Armenta notou que não levavam a mesma determinação de antes.

Na verdade, tinham tido a primeira divergência. Não apenas eram muito mais diferentes por dentro do que pareciam por fora, mas em situações críticas tinham caracteres opostos. Nós, seus amigos, tínhamos percebido isso desde a escola primária. Pablo Vicário era seis minutos mais velho que o irmão, e foi mais imaginativo e decidido até a adolescência. Pedro Vicário me pareceu sempre mais sentimental, e por isso mesmo mais autoritário. Apresentaram-se juntos ao serviço militar aos 20 anos, e Pablo Vicário foi isento para que ficasse à frente da família. Pedro Vicário completou o serviço durante onze meses em patrulhas da ordem pública. O regime de tropa, agravado pelo medo da morte, amadureceu nele a vocação de mandar e o costume de decidir pelo irmão. Voltou, além do mais, com uma blenorragia de sargento que resistiu aos métodos mais brutais da medicina militar, às injeções de arsênico e às purgações de permanganato do doutor Dionísio Iguarán. Só na cadeia conseguiram curá-lo. Nós, seus amigos, concordávamos que Pablo Vicário desenvolveu, de repente, uma dependência estranha de irmão menor quando Pedro Vicário voltou com uma alma quartelária e a novidade de levantar a camisa para mostrar, a quem quisesse ver, uma cicatriz de bala em linha no lado esquerdo. Chegou a sentir, inclusive, uma espécie de fervor diante da blenorragia de homem grande que o irmão exibia como uma condecoração de guerra.

Foi Pedro Vicário, segundo declaração própria, quem tomou a decisão de matar Santiago Nasar, e no princípio o irmão não fez senão segui-lo. Mas também foi ele quem pareceu dar por cumprido o compromisso quando o prefeito os desarmou, e então Pablo Vicário assumiu o mando. Nenhum dos dois mencionou este desacordo em seus depoimentos separados diante do juiz instrutor. Pablo Vicário, entretanto, me confirmou várias vezes que não foi fácil convencer o irmão da decisão final. Talvez não fosse, na verdade, senão uma rajada de pânico, mas o fato é que Pablo Vicário entrou sozinho no chiqueiro para buscar as duas outras facas, enquanto o irmão agonizava gota a gota tentando urinar sob os tamarindos. "Meu irmão nunca soube o que é isso", disse-me Pedro Vicário em nossa única entrevista. "É como urinar vidro moído." Pablo Vicário encontrou-o ainda abraçado à árvore quando voltou com as duas facas. "Estava suando frio de dor", disse-me, "e tentou me dizer que eu fosse sozinho porque ele não estava em condições de matar ninguém." Sentou-se a um dos mesões de carpinteiro que tinham posto sob as árvores para o almoço do casamento e baixou as calças até os joelhos. "Ficou uma meia hora trocando a gaze que enrolara na pica", disse-me Pablo Vicário. Na verdade não demorou mais de dez minutos, mas foi uma coisa tão difícil, e tão enigmática para Pablo Vicário, que ele a interpretou como uma nova artimanha do irmão para ganhar tempo até o amanhecer. De modo que pôs a faca na sua mão e o levou quase à força para buscar a honra perdida da irmã.

— Isto não tem remédio — disse-lhe — é como se já nos tivesse acontecido.

Saíram pela porteira do chiqueiro com as duas facas desembrulhadas, perseguidos pelo alvoroço dos cães no pátio. Começava a ficar claro. "Não estava chovendo", recordava Pablo Vicário. "Pelo contrário", recordava Pedro, "havia um vento de mar e ainda se podia contar as estrelas com o dedo." A notícia, então, estava tão bem espalhada que Hortênsia Baute abriu a porta bem quando eles passavam diante de sua casa, e foi a primeira que chorou por Santiago Nasar. "Pensei que já o haviam matado", disse-me, "porque vi as facas com a luz do poste e achei que iam pingando sangue." Uma das poucas casas que estavam abertas nessa rua perdida era a de Prudência Cotes, a noiva de Pablo Vicário. Sempre que os gêmeos passavam por ali a essa hora, e em especial nas sextas-feiras quando iam ao mercado, entravam para tomar café. Empurraram a porta do pátio, acossados pelos cães que os reconheceram na penumbra da alvorada, e cumprimentaram a mãe de Prudência Cotes na cozinha. O café ainda não estava servido.

— Fica para depois — disse Pablo Vicário — estamos com pressa agora.

— Eu imagino, meus filhos — disse ela — a honra não espera.

Mas de qualquer modo esperaram, e foi então Pedro Vicário quem pensou que o irmão estava ganhando tempo de propósito. Enquanto tomavam café, Prudência Cotes entrou na cozinha, em plena adolescência, com um maço de jornais velhos para avivar o fogo do fogão. "Eu sabia o que iam fazer", disse-me, "e não só estava de acordo, mas nunca teria me casado com ele se não agisse como homem." Antes de deixar a cozinha, Pablo Vicário tomou-lhe dois cadernos dos jornais e deu um ao irmão para embrulhar a faca. Prudência Cotes ficou esperando na cozinha até que os viu sair pela porta do pátio, e continuou esperando durante três anos sem um instante de desânimo, até que Pablo Vicário saiu da cadeia para ser seu marido por toda a vida.

— Cuidem-se muito — disse-lhes.

De modo que não faltava razão a Clotilde Armenta quando achou que os gêmeos não estavam tão decididos como antes e serviu a eles uma garrafa de *gordolobo de vaporino*[9] com a esperança de liquidá-los. "Nesse dia compreendi", disse-me, "como nós, mulheres, estamos sozinhas no mundo!" Pedro Vicário pediu-lhe emprestados os utensílios de barbear de seu marido e ela lhe deu o pincel, o sabonete, o espelho de pendurar e o aparelho com a lâmina nova, mas ele se barbeou com a faca de retalhar. Clotilde Armenta pensava que isso era o máximo do machismo. "Parecia um desses machões do cinema", disse-me. Entretanto, ele me explicou depois, e era verdade, que no quartel aprendera a se barbear com navalha de barbeiro, e nunca mais pôde fazer de outro jeito. O irmão, por sua vez, barbeou-se do modo mais humilde, com o aparelho emprestado de Dom Rogélio de la Flor. Por último, beberam a garrafa em silêncio, muito devagar, contemplando com o ar tolo dos amanhecidos a janela apagada na casa da frente, enquanto passavam fregueses fingidos, comprando leite sem necessidade e perguntando por coisas de comer que não existiam, com a intenção de ver se era verdade que estavam esperando Santiago Nasar para matá-lo.

Os irmãos Vicário não veriam acender-se essa janela. Santiago Nasar entrou em casa às 4h20m, mas não precisou acender nenhuma luz para chegar ao quarto porque a lâmpada da escada permanecia acesa durante a noite. Atirou-se na cama no escuro e vestido, pois só tinha uma hora para dormir, e assim o encontrou Victória Guzmán quando foi acordá-lo para receber o bispo. Tínhamos estado juntos na casa de Maria Alexandrina Cervantes até depois das três, quando ela mesma despachou os músicos e apagou as luzes do pátio de danças para que suas mulatas do prazer se deitassem sozinhas e descansassem. Fazia três dias com suas noites que trabalhavam sem repouso, atendendo primeiro secretamente os convidados de honra e, depois, à vontade, a portas escancaradas, com os que ficamos sem par com a festança do casamento.

---

[9] *Gordolobo de vaporino* — Nome popular de um rum da costa atlântica da Colômbia. (*N. do T.*)

Maria Alexandrina Cervantes, de quem dizíamos que só havia de dormir uma única vez para morrer, foi a mulher mais elegante e mais doce que jamais conheci, e a mais completa na cama, embora também a mais severa. Tinha nascido e crescido aqui, e aqui vivia, em uma casa de portas abertas com vários quartos de aluguel e um enorme pátio de danças com luminárias compradas nos bazares chineses de Paramaribo. Foi ela que arrasou com a virgindade da minha geração. Ensinou-nos muito mais do que devíamos aprender, mas nos ensinou, sobretudo, que nenhum lugar da vida é mais triste que uma cama vazia. Santiago Nasar perdeu a cabeça desde que a viu pela primeira vez. Eu o preveni: *Falcão que se atreve com garça guerreira perigos espera.* Mas ele não me ouviu, aturdido pelos assobios quiméricos de Maria Alexandrina Cervantes. Ela foi a sua paixão desvairada, sua professora de lágrimas aos 15 anos, até que Ibrahim Nasar o tirou da cama a pancadas e o encerrou mais de um ano em *O Divino Rosto*. Desde então continuaram ligados por um afeto sério, mas sem a desordem do amor, e ela o respeitava tanto que não voltou a ir para a cama com ninguém se ele estivesse presente. Naquelas últimas férias, ela nos dispensava cedo com o pretexto inverossímil de que estava cansada, mas deixava a porta sem tranca e uma luz acesa no corredor para que eu voltasse a entrar escondido.

Santiago Nasar tinha um talento quase mágico para os disfarces, e seu divertimento predileto era mudar a identidade das mulatas. Saqueava os guarda-roupas de umas para disfarçar outras, de modo que todas acabavam por se sentir diferentes de si mesmas e iguais às que não eram. Em certa ocasião, uma delas se viu repetida em outra com tal perfeição que teve uma crise de choro. "Senti que tinha saído do espelho", disse. Mas naquela noite, Maria Alexandrina Cervantes não permitiu que Santiago Nasar se divertisse pela última vez com seus artifícios de transformista, e o fez com pretextos tão frívolos que o mau gosto dessa lembrança mudou-lhe a vida. Por isso levamos os músicos a uma ronda de serenatas e continuamos a festa por nossa conta, enquanto os gêmeos Vicário esperavam Santiago Nasar para matá-lo. Foi ele quem teve a ideia, quase às quatro, de subirmos à colina do viúvo de Xius para cantar aos recém-casados.

Não só cantamos diante das janelas como soltamos foguetes e arrebentamos petardos nos jardins, mas não percebemos um único sinal de vida dentro da quinta. Não nos passou pela cabeça que não houvesse ninguém em casa, sobretudo porque o carro novo estava à frente da porta, ainda com a capota posta, as fitas de cetim e os buquês de flores de laranjeira de parafina pendurados. Meu irmão Luís Henrique, que então tocava guitarra como um profissional, improvisou uma canção de enganos matrimoniais em honra dos recém-casados. Até então não tinha chovido. Pelo contrário, a lua estava no centro do céu e o ar era diáfano, e no fundo do precipício via-se a trilha de luz dos fogos-fátuos no cemitério. Do outro lado, divisavam-se os bananais azuis sob a lua, os tristes lodaçais e a linha fosforescente do Caribe no horizonte. Santiago Nasar apontou uma luz intermitente no mar, e nos disse que era a alma penada de um navio negreiro que afundara com um carregamento de escravos do Senegal, diante da grande boca de Cartagena de Índias. Não se podia pensar que tivesse algum peso na consciência, embora então não soubesse que a efêmera vida matrimonial de Ângela Vicário havia terminado duas horas antes. Bayardo San Román levara-a a pé à casa dos pais para que o ruído do motor não delatasse sua desgraça antes do tempo, e estava outra vez sozinho e com as luzes apagadas na quinta feliz do viúvo de Xius.

Quando descemos a colina, meu irmão nos convidou a comer peixe frito nas barracas do mercado, mas Santiago Nasar recusou porque queria dormir uma hora até que chegasse o bispo. Foi embora com Cristo Bedoya pela margem do rio, bordejando os tambos de pobres que começavam a se acender no porto velho, e antes de dobrar a esquina nos fez o seu gesto de adeus com a mão. Foi a última vez que o vimos.

Cristo Bedoya, com quem combinara encontrar-se mais tarde no porto, despediu-se dele na entrada dos fundos de sua casa. Os cães latiam para ele por costume quando o sentiam entrar, mas ele os acalmava na penumbra sacudindo as chaves. Victória Guzmán vigiava a cafeteira no fogão quando ele passou pela cozinha em direção ao interior da casa.

— Branco — chamou-o — o café fica pronto logo.

Santiago Nasar disse que o tomaria mais tarde e lhe pediu para dizer a Divina Flor que o acordasse às cinco e meia, e mandasse por ela uma muda de roupa limpa igual à que vestia. Um instante depois de haver subido para se deitar, Victória Guzmán recebeu o recado de Clotilde Armenta pela mendiga. Às 5h30m cumpriu a ordem de acordá-lo, mas não mandou Divina Flor, subiu ela mesma ao quarto com a roupa de linho completa, pois não perdia nenhuma ocasião de preservar a filha das garras do senhor.

Maria Alexandrina Cervantes deixara sem tranca a porta da casa. Despedi-me de meu irmão, atravessei o corredor onde dormiam os gatos das mulatas amontoados entre as tulipas, e empurrei sem bater a porta do quarto. As luzes estavam apagadas, mas logo que entrei senti o cheiro de mulher morna e vi os olhos de leoparda insone na escuridão, e depois não voltei a saber de mim mesmo até que começaram a soar os sinos.

A caminho de nossa casa, meu irmão entrou para comprar cigarros no armazém de Clotilde Armenta. Bebera tanto que suas lembranças daquele encontro foram sempre muito confusas, mas não esqueceu nunca o trago mortal que Pedro Vicário lhe ofereceu. "Era fogo puro", disse-me. Pablo Vicário, que tinha começado a dormir, acordou sobressaltado quando o sentiu entrar, e lhe mostrou a faca.

— Vamos matar Santiago Nasar — disse-lhe.

Meu irmão não se lembrava. "Mas ainda que me lembrasse, não teria acreditado", disse-me muitas vezes. "Quem podia, porra, imaginar que os gêmeos iam matar alguém, e ainda mais com suas facas de porco!" Em seguida perguntaram-lhe onde estava Santiago Nasar, pois tinham visto os dois juntos às duas horas, e meu irmão não se lembrou nem da própria resposta. Mas Clotilde Armenta e os irmãos Vicário se surpreenderam tanto ao ouvi-la que a fizeram constar no sumário com declarações separadas. Segundo eles, meu irmão disse: "Santiago Nasar está morto." Depois impôs uma bênção episcopal, tropeçou no degrau da porta e saiu aos tombos. No meio da praça passou pelo padre Amador. Dirigia-se ao porto já paramentado, seguido por um acólito que tocava o sininho e vários ajudantes com o altar para a missa campal do bispo. Vendo-os passar, os irmãos Vicário se persignaram.

Clotilde Armenta contou-me que tinham perdido as últimas esperanças quando o pároco passou diante de sua casa. "Pensei que não tinha recebido meu recado", disse. Entretanto, o padre Amador me confessou, muitos anos depois, afastado do mundo na tenebrosa Casa de Saúde de Calafell, que, de fato, tinha recebido a mensagem de Clotilde Armenta, e outras mais urgentes, enquanto se preparava para ir ao porto. "A verdade é que não soube o que fazer", disse-me. "A primeira coisa que pensei foi que não era assunto meu, mas da autoridade civil; depois, porém, resolvi falar, na passagem, com Plácida Linero." Apesar disso, quando atravessou a praça já o tinha esquecido por completo. "O senhor precisa entender", disse-me, "que naquele dia infeliz chegava o bispo." No momento do crime sentiu-se tão desesperado, tão indigno de si mesmo, que não pensou senão em ordenar o toque de fogo.[10]

Meu irmão Luís Henrique entrou na casa pela porta da cozinha, que minha mãe deixava sem o ferrolho para que meu pai não nos ouvisse entrar. Foi ao banheiro antes de se deitar, mas dormiu sentado na privada, e quando meu irmão Jaime se levantou para ir à escola encontrou-o atirado, de bruços, sobre as lajes, cantando adormecido. Minha irmã, a freira, que não iria esperar o bispo porque estava com uma febre de quarenta graus, não conseguiu acordá-lo. "Batiam cinco horas quando fui ao banheiro", disse-me. Mais tarde, quando minha irmã Margot entrou para tomar banho e ir ao porto, conseguiu levá-lo a duras penas ao quarto. Do outro lado do sonho ouviu sem acordar os primeiros bramidos do navio do bispo. Depois dormiu profundamente, rendido pela farra, até que minha irmã, a freira, entrou no quarto tentando vestir o hábito às carreiras, e o acordou com seu grito de louca:

— Mataram Santiago Nasar!

---

[10] *Toque de fogo* — Dar com os sinos sinal de incêndio. (*N. do T.*)

O s estragos das facas foram apenas um princípio da autópsia impiedosa que o padre Carmen Amador se viu obrigado a fazer pela ausência do doutor Dionísio Iguarán. "Foi como se tivéssemos voltado a matá-lo depois de morto", disse-me o antigo pároco em seu retiro de Calafell. "Mas era uma ordem do prefeito, e as ordens daquele selvagem, por mais burras que fossem, deviam ser obedecidas." Não estava sendo justo. Na confusão daquela segunda-feira absurda, o coronel Aponte mantivera uma conversa telegráfica urgente com o governador da província e este o autorizou a realizar as diligências preliminares enquanto mandavam um juiz instrutor. O prefeito tinha sido oficial de tropa, sem nenhuma experiência em assuntos de justiça, e era pretensioso demais para perguntar a qualquer pessoa que o soubesse por onde devia começar. A primeira coisa que o preocupou foi a autópsia. Cristo Bedoya, estudante de medicina, conseguiu ser dispensado por sua íntima amizade com Santiago Nasar. O prefeito pensou que o corpo podia se manter refrigerado até a volta do doutor Dionísio Iguarán, mas não encontrou uma geladeira de tamanho humano, e a única apropriada estava enguiçada no mercado. O corpo fora exposto à visitação pública no centro da sala, estendido sobre um estreito catre de ferro, enquanto lhe faziam um ataúde de rico. Levaram os ventiladores dos quartos, e alguns das casas vizinhas, mas tanta gente estava ansiosa de vê-lo que foi preciso afastar os móveis e tirar as gaiolas e os vasos de planta, e ainda assim era insuportável o calor. Além disso, os cães alvoroçados pelo cheiro da morte aumentavam a aflição. Não tinham parado de latir desde o momento em que eu entrei na casa, quando ainda Santiago Nasar agonizava na cozinha, e encontrei Divina Flor chorando aos gritos e os mantendo afastados com uma tranca.

— Ajude-me — gritou — eles querem comer as tripas dele.

Nós os fechamos a cadeado nas estrebarias. Plácida Linero mandou, mais tarde, que fossem levados a algum lugar afastado até depois do enterro. Perto do meio-dia, porém, ninguém soube como, fugiram de onde estavam e, enlouquecidos, irromperam na casa. Plácida Linero, uma única vez, descontrolou-se.

— Matem esses cães de merda! — gritou. — Matem!

A ordem foi cumprida imediatamente e a casa voltou a ficar em silêncio. Até então não havia temor algum pelo estado do corpo. A cara estava intacta, com a mesma expressão que tinha quando cantava, e Cristo Bedoya voltara a colocar as vísceras em seu lugar, enrolando o corpo com uma faixa de linho. No entanto, à tarde começaram a fluir das feridas umas águas cor de xarope que atraíram as moscas; e uma mancha roxa apareceu no buço e se estendeu devagarinho, como a sombra de uma nuvem na água, até a raiz do cabelo. A cara que sempre foi indulgente ganhou uma expressão inamistosa, e a mãe cobriu-a com um lenço. O coronel Aponte compreendeu então que não era mais possível esperar, e ordenou ao padre Amador que praticasse a autópsia. "Teria sido pior desenterrá-lo uma semana depois", disse. O pároco cursara medicina e cirurgia em Salamanca, mas ingressou no seminário sem se formar, e até o prefeito sabia que essa autópsia carecia de valor legal. Entretanto, fez cumprir a ordem.

Foi um massacre, consumado na escola pública com a ajuda do boticário, que tomou as notas, e um estudante do primeiro ano de medicina que aqui estava de férias. Dispuseram apenas de uns poucos instrumentos de pequena cirurgia, e o resto eram ferros de artesão. Mas à margem dos destroços causados no corpo, o informe do padre Amador parecia correto, e o juiz instrutor incorporou-o ao sumário como uma peça útil.

Sete das numerosas feridas eram mortais. O fígado estava quase seccionado por duas perfurações profundas na face anterior. Tinha quatro incisões no estômago, e uma delas tão profunda que o atravessou por completo e destruiu o pâncreas. Tinha outras seis perfurações menores no cólon transverso, e múltiplas feridas no intestino delgado. A única que sofrera no dorso, à altura da terceira vértebra lombar, perfurara o rim direito. A cavidade abdominal estava ocupada por grandes coágulos de sangue, e entre o lodaçal de conteúdo gástrico e matérias fecais apareceu uma medalha de ouro da Virgem do Carmo que Santiago Nasar engolira aos quatro anos de idade. A cavidade torácica mostrava duas perfurações: uma no segundo espaço intercostal direito, que atingiu diretamente o pulmão, e outra muito próxima da axila esquerda. Tinha ademais seis feridas menores nos braços e nas mãos, e dois cortes horizontais: um na coxa direita, outro nos músculos do abdome. E uma estocada profunda na palma da mão direita. O informe diz: "Parecia um estigma do Crucificado." A massa encefálica pesava sessenta gramas mais que a de um inglês normal, e o padre Amador consignou no informe que Santiago Nasar era dotado de uma inteligência superior e um futuro brilhante. Apesar disso, assinalava na nota oficial uma hipertrofia do fígado que atribuiu a uma hepatite mal curada. "Ora", disse-me, "de qualquer maneira teria muito poucos anos de vida." O doutor Dionísio Iguarán, que, com efeito, tratara Santiago Nasar de uma hepatite aos 12 anos, recordava indignado aquela autópsia. "Tinha de ser padre para ser tão burro", disse-me. "Não houve maneira de fazê-lo entender nunca que o homem do trópico tem o fígado maior que o dos galegos." O informe concluía que a causa da morte foi uma hemorragia maciça ocasionada por qualquer das sete feridas maiores.

Devolveram-nos um corpo diferente. A metade do crânio tinha sido destroçada com a trepanação, e o rosto de galã que a morte preservara acabou por perder sua identidade. Além disso, o pároco tinha arrancado completamente as vísceras retalhadas, mas no fim, não sabendo o que fazer com elas, impôs-lhes uma bênção de raiva e atirou-as no balde do lixo. Acabou-se, então, a curiosidade dos últimos assistentes das janelas da escola, o ajudante desmaiou e o coronel Lázaro Aponte, que assistira e causara tantos massacres de repressão, acabou virando vegetariano e, ainda por cima, espírita. A grande casca vazia, embutida de trapos e cal viva, e costurada às pressas com barbante grosso e agulhas de enfardelar, estava a ponto de se desfazer quando o pusemos no ataúde novo de seda acolchoada. "Pensei que assim se conservaria por mais tempo", disse-me o padre Amador. Aconteceu o contrário: tivemos de enterrá--lo depressa ao amanhecer, porque estava em tão mau estado que era insuportável mantê-lo dentro da casa.

Despontava uma terça-feira sombria. Sem coragem para dormir sozinho ao término da opressiva jornada, empurrei a porta da casa de Maria Alexandrina Cervantes, que talvez não tivesse passado o ferrolho. As luminárias ainda estavam acesas nas árvores, e no pátio de danças havia vários fogões de lenha com enormes panelas fumegantes, em que as mulatas estavam tingindo de luto seus vestidos de festa. Encontrei Maria Alexandrina Cervantes, como sempre acordada ao amanhecer, e inteiramente nua como sempre quando não havia estranhos na casa. Estava sentada à maneira turca sobre a cama de rainha diante de um babilônico prato de comida: costelas de terneira, galinha cozida, lombo de porco e uma guarnição de bananas e legumes que teriam bastado a umas cinco pessoas. Comer sem medida foi sempre o seu único modo de chorar; nunca, porém, a tinha visto fazê-lo com tanta dor. Deitei-me a seu lado, vestido, sem falar, e chorando eu também a meu modo. Pensava na crueldade do destino de Santiago Nasar, que lhe cobrara 20 anos de felicidades não apenas com a morte, mas com o esquartejamento do corpo, sua dispersão e extermínio. Sonhei que uma mulher entrava no quarto com uma menina no colo, e que esta mastigava sem respirar e os grãos de milho meio mastigados caíam em seu sutiã. A mulher me disse: "Ela mastiga desesperada, um pouco descuidada, um pouco descuidadinha." De repente senti os dedos ansiosos que abriam os botões da minha camisa, senti o cheiro perigoso da fera de amor deitada às minhas costas, e senti que me afundava nas delícias das areias movediças de sua ternura. Mas parou de súbito, tossiu de muito longe e saiu da minha vida.

— Não posso — disse — você cheira a ele.

Não só eu. Tudo continuou cheirando a Santiago Nasar naquele dia. Os irmãos Vicário sentiram isso no calabouço onde o prefeito os encerrou enquanto pensava no que fazer com eles. "Por mais que me esfregasse com sabonete e esfregão não conseguia tirar aquele cheiro de mim", disse-me Pedro Vicário. Estavam há três noites sem dormir, mas não podiam descansar, porque tão logo começavam a dormir voltavam a cometer o crime. Já quase velho, tentando explicar-me o seu estado naquele dia interminável, Pablo Vicário disse-me sem nenhum esforço: "Era como estar acordado duas vezes." Essa frase me fez pensar que o mais insuportável para eles no calabouço deve ter sido a lucidez.

A cela tinha três metros de lado, uma claraboia muito alta com barras de ferro, uma latrina portátil, um jarro e sua bacia e duas camas de alvenaria com colchões de esteira. O coronel Aponte, sob cujas ordens fora construída aquela prisão, dizia que não houve nunca um hotel mais humano. Meu irmão Luís Henrique estava de acordo, pois uma noite ali o prenderam por uma briga de músicos e o prefeito permitiu, bondosamente, que uma das mulatas o acompanhasse. Talvez os irmãos Vicário tivessem pensado o mesmo às oito da manhã, quando se sentiram a salvo dos árabes. Naquele momento, reconfortava-os a ilusão de haver cumprido com a sua lei, e sua única inquietação era a persistência do cheiro. Pediram água abundante, muito sabão grosso e esfregão, e lavaram o sangue dos braços e do rosto, e ainda as camisas, mas não conseguiram descansar. Pedro Vicário pediu também purgações e diuréticos, e um rolo de gaze esterilizada para trocar a venda; pôde então urinar duas vezes durante a manhã. Mas a vida foi ficando tão difícil à medida que o dia avançava que o cheiro passou para segundo lugar. Às duas da tarde, quando a modorra do calor teria podido derretê-los, Pedro Vicário estava tão cansado que não podia permanecer estendido na cama, enquanto o mesmo cansaço impedia-o de se manter de pé. A dor nas virilhas chegava-lhe até o pescoço, trancou-lhe a urina e ele padeceu a espantosa certeza de que não voltaria a dormir pelo resto de sua vida. "Fiquei acordado onze meses", disse-me, e eu o conhecia bastante bem para saber que era verdade. Não pôde almoçar. Pablo Vicário, por sua vez, comeu um pouco de cada coisa que lhe deram, e quinze minutos depois soltou-se em uma diarreia pestilenta. Às seis da tarde, enquanto faziam a autópsia no cadáver de Santiago Nasar, o prefeito foi chamado com urgência porque Pedro Vicário estava convencido de que haviam envenenado o irmão. "Estava me esvaindo em merda", disse-me Pablo Vicário, "e não podíamos tirar da cabeça a ideia de que aquilo era sacanagem dos turcos." Até aquele momento transbordara a latrina portátil duas vezes, e o carcereiro o levara outras seis ao quartinho da prefeitura. Lá o encontrou o coronel Aponte, encanado pela guarda no reservado sem portas, e esvaindo-se com tanta fluidez que não era absurdo pensar em veneno. Mas afastaram logo essa possibilidade, quando se verificou que só bebera a água e comera o almoço que Pura Vicário lhes mandou. Não obstante, o prefeito ficou tão impressionado que levou os presos a sua casa, com uma custódia especial, até a chegada do juiz de instrução, que então os transferiu ao xadrez de Riohacha.

O temor dos gêmeos correspondia ao estado de ânimo das ruas. Não se afastava uma represália dos árabes, mas ninguém, salvo os irmãos Vicário, tinha pensado em veneno. Imaginava-se que esperassem a noite para jogar gasolina pela claraboia e incendiar os prisioneiros dentro do calabouço. Mas mesmo essa era uma hipótese simples demais. Os árabes constituíam uma comunidade de imigrantes pacíficos, que se estabeleceram, no princípio do século, nos povoados do Caribe, mesmo nos mais remotos e pobres, e aqui permaneceram vendendo panos coloridos e bugigangas de feira. Eram unidos, laboriosos e católicos. Casavam-se entre si, importavam o seu trigo, criavam cordeiros nos quintais, cultivavam orégano e berinjela, e sua única paixão turbulenta eram os jogos de carta. Os mais velhos continuaram falando o árabe rural que trouxeram de sua terra, e o conservaram intacto em família até a segunda geração, mas os da terceira, com a exceção de Santiago Nasar, ouviam os pais em árabe e respondiam em castelhano. Assim não era concebível que fossem alterar de repente seu espírito pastoral para vingar uma morte cujos culpados podíamos ser todos. Em compensação, ninguém pensou em uma represália da família de Plácida Linero, gente de poder e guerra até que se acabou sua fortuna, que havia gerado mais de dois valentões de boteco preservados pelo prestígio do nome.

O coronel Aponte, preocupado com os rumores, visitou os árabes, família por família, e, pelo menos dessa vez, tirou uma conclusão correta. Encontrou-os perplexos e tristes, com sinais de luto em seus altares, e alguns choravam aos berros, sentados no chão, nenhum, porém, alimentava propósitos de vingança. As reações da manhã tinham surgido ao calor do crime, e os próprios protagonistas admitiram que em nenhum caso haviam passado dos golpes. E mais: foi Suseme Abdala, a matriarca centenária, quem recomendou a prodigiosa infusão de flores de maracujá e absinto que tapou a diarreia de Pablo Vicário e soltou, ao mesmo tempo, o manancial florido de seu gêmeo. Pedro Vicário caiu, então, em um torpor insone, e o irmão restabelecido conciliou seu primeiro sono sem remorsos. Assim os encontrou Puríssima Vicário às três da madrugada da terça-feira, quando o prefeito a levou para despedir-se deles.

Foi a família inteira, até as filhas mais velhas com os maridos, por iniciativa do coronel Aponte. Foram sem que ninguém percebesse, protegidas pelo cansaço público, enquanto nós, únicos sobreviventes acordados daquele dia irreparável, estávamos enterrando Santiago Nasar. Foram enquanto se acalmavam os ânimos, segundo a decisão do prefeito, mas lá não voltaram jamais. Pura Vicário enrolou o rosto da filha devolvida em um pano para que ninguém visse as marcas da surra, e a vestiu de vermelho berrante para que não imaginassem que estava guardando luto pelo amante secreto. Antes de sair, pediu ao padre Amador que confessasse os filhos na cadeia, mas Pedro Vicário se negou, e convenceu o irmão de que não tinham nada do que se arrepender. Ficaram sozinhos, e no dia da transferência para Riohacha estavam tão bem refeitos e convencidos de sua razão, que não

— 64 —

quiseram ser atirados à noite, como fizeram com a família, mas a pleno sol e cara limpa. Pôncio Vicário, o pai, morreu pouco depois. "A pena moral o matou", disse-me Ângela Vicário. Quando os gêmeos foram absolvidos, ficaram em Riohacha, a um dia de viagem de Manaure, onde a família vivia. Para lá foi Prudência Cotes casar-se com Pablo Vicário, que aprendeu a trabalhar com ouro na casa do pai e chegou a ser um ourives depurado. Pedro Vicário, sem amor nem emprego, reintegrou-se, três anos depois, às Forças Armadas, mereceu as insígnias de primeiro-sargento, e em uma esplêndida manhã sua patrulha internou-se em território de guerrilhas, cantando canções de puteiro, e nunca mais se soube deles.

Para a imensa maioria houve uma única vítima: Bayardo San Román. Imaginavam que os outros protagonistas da tragédia tinham se desincumbido com dignidade, e até certa grandeza, do quinhão de notoriedade que a vida lhes tinha destinado. Santiago Nasar expiara a injúria, os irmãos Vicário provaram sua condição de homens, e a irmã enganada estava outra vez de posse de sua honra. O único que tudo tinha perdido era Bayardo San Román. "O pobre Bayardo", como foi lembrado durante anos. Apesar disso, ninguém se lembrara dele até depois do eclipse da lua, no sábado seguinte, quando o viúvo de Xius contou ao prefeito que vira um pássaro fosforescente adejando sobre sua antiga casa, e pensava que era a alma de sua mulher reclamando o que era seu. O prefeito deu uma palmada na testa que não tinha nada que ver com a visão do viúvo.

— Porra! — gritou. — Tinha me esquecido daquele pobre homem!

Subiu a colina com uma patrulha, viu o carro descoberto na frente da quinta e uma luz solitária no quarto; ninguém, entretanto, respondeu a seus chamados. Então forçaram uma porta lateral e percorreram os quartos iluminados pelos restos do eclipse. "As coisas pareciam estar debaixo d'água", contou-me o prefeito. Bayardo San Román estava inconsciente na cama, como Pura Vicário o tinha visto na madrugada da segunda-feira, a calça fantasia e a camisa de seda, apenas sem os sapatos. Havia garrafas vazias pelo chão e muitas outras sem abrir junto à cama, mas nem um sinal de comida. "Estava no último grau de intoxicação etílica", disse-me o doutor Dionísio Iguarán, que o atendeu na emergência. Ele, porém, se restabeleceu em poucas horas, e tão logo recuperou a razão fez com que todos saíssem com os melhores modos de que foi capaz.

— Não quero que ninguém me foda a paciência — disse. — Nem papai com suas lorotas de veterano.

O prefeito informou o general Petrônio San Román do episódio até a última frase literal, com um telegrama assustador. O general San Román deve ter tomado ao pé da letra a vontade do filho porque não veio buscá-lo; mandou, porém, a esposa e as filhas, e outras duas mulheres mais velhas que pareciam ser suas irmãs. Vieram em um cargueiro, de luto fechado até o pescoço pela desgraça de Bayardo San Román e os cabelos soltos de dor. Antes de pisar terra firme tiraram os sapatos e atravessaram as ruas até a colina, caminhando descalças na terra quente do meio-dia, arrancando-se mechas de cabelo e chorando com gritos tão dilacerantes que pareciam de júbilo. Eu as vi passar do balcão de Magdalena Oliver, e me lembro de haver pensado que um desconsolo como esse só se podia fingir para ocultar outras vergonhas maiores.

O coronel Lázaro Aponte acompanhou-as à casa da colina e logo depois subiu o doutor Dionísio Iguarán em sua mula de urgências. Quando aliviou o sol, dois homens da prefeitura desceram Bayardo San Román em uma rede pendurada de uma vara, oculto até a cabeça com um cobertor e seguido pelo séquito de carpideiras. Magdalena Oliver pensou que estava morto.

— *Colhões de deus!*[11] — exclamou. — Que desperdício!

Estava outra vez prostrado pelo álcool, mas custava a crer que o levassem vivo, porque o braço direito arrastava-se pelo chão e tão logo a mãe o punha dentro da rede voltava a desabar, de modo que deixou um rastro na terra do alto da ladeira à plataforma do navio. Essa foi a última visão que tivemos dele, uma lembrança de vítima.

Deixaram a quinta intacta. Meus irmãos e eu subíamos para explorá-la em noites de farra, quando voltávamos de férias, e cada vez encontrávamos menos coisas de valor nas peças abandonadas. Uma vez achamos a malinha de mão que Ângela Vicário pedira à mãe na noite de núpcias, mas não demos a ela nenhuma importância. O que encontramos dentro pareciam ser os objetos próprios para a higiene e a beleza de uma mulher, e só soube de sua verdadeira utilidade quando Ângela Vicário me contou, muitos anos mais tarde, quais foram os artifícios de comadre que lhe haviam ensinado para enganar o marido. Era o único vestígio que deixou naquele que foi o seu lar de casada por cinco horas.

Anos depois, quando voltei para buscar os últimos testemunhos para esta crônica, não sobravam nem mesmo resquícios da felicidade de Yolanda de Xius. As coisas vinham desaparecendo pouco a pouco apesar da vigilância teimosa do coronel Lázaro Aponte, inclusive o armário de seis espelhos de corpo inteiro que os mestres cantores de Mompós tiveram de montar dentro da casa, pois não cabia pelas portas. No começo, o viúvo de Xius mostrava -se encantado pensando que eram recursos póstumos da mulher para levar o que era seu. O coronel Lázaro Aponte ria-se dele. Uma noite, contudo, pensou oficiar uma missa espírita para esclarecer o mistério, e a alma de Yolanda de Xius confirmou-lhe de próprio punho e letra que, com efeito, era

---

[11] *Collons de déu!* (N. do T.)

ela que estava recuperando para a sua casa do além os cacarecos da felicidade. A quinta começou a esfarelar-se. O carro do casamento foi se deteriorando na porta, ao final não restou senão a carcaça apodrecida pela intempérie. Durante muitos anos não se voltou a saber nada de seu dono. Há um depoimento seu no sumário, mas é tão breve e convencional que parece emendado à última hora para observar uma fórmula iniludível. A única vez que tentei falar com ele, 23 anos mais tarde, recebeu-me com certa agressividade e se negou a contribuir com o dado mais íntimo que permitisse esclarecer um pouco sua participação no drama. Em todo caso, nem mesmo seus pais sabiam dele muito mais que nós, nem tinham a menor ideia do que viera fazer em um povoado perdido sem outro propósito aparente que o de se casar com uma mulher que não havia visto nunca.

De Ângela Vicário, em compensação, sempre tive notícias passageiras e que me inspiraram uma imagem idealizada. Minha irmã, a freira, andou algum tempo pela alta Guajira, tentando converter os últimos idólatras, e costumava parar para conversar com ela na aldeia abrasada pelo sol do Caribe, onde a mãe resolvera enterrá-la em vida. "Recomendações de sua prima", dizia-me sempre. Minha irmã Margot, que também a visitava nos primeiros anos, contou-me que tinham comprado uma casa de material com um pátio muito grande de ventos cruzados, cujo único problema eram as noites de maré alta, porque as latrinas transbordavam e os peixes amanheciam dando pulos nos quartos. Todos os que a viram nessa época concordavam em que era distraída e habilidosa na máquina de bordar, e que através desse trabalho tinha logrado o esquecimento.

Muito depois, em um tempo de dúvidas, quando tentava entender algo de mim mesmo vendendo enciclopédias e livros de medicina pelos povoados da Guajira, cheguei por acaso àquele morredouro de índios. Na janela de uma casa em frente ao mar, bordando à máquina na hora mais quente, havia uma mulhér de meio-luto com óculos de arame e cãs amarelas, e sobre sua cabeça estava pendurada uma gaiola com um canário que não parava de cantar. Vendo-a assim, dentro do marco idílico da janela, não quis acreditar que aquela mulher fosse quem eu pensava, porque me recusava a admitir que a vida acabasse por se parecer tanto à má literatura. Mas era ela: Ângela Vicário 23 anos depois do drama.

Tratou-me igual a sempre, como um primo distante, e respondeu às minhas perguntas muito ajuizadamente e com senso de humor. Estava tão madura e esperta que dava trabalho acreditar que fosse a mesma. O que mais me surpreendeu foi a forma como acabara por entender sua própria vida. Ao cabo de poucos minutos não mais me pareceu tão envelhecida como à primeira vista, mas quase tão jovem como na recordação, e não tinha nada em comum com a mulher que haviam obrigado a se casar sem amor aos 20 anos. A mãe, de uma velhice malcuidada, recebeu-me como a um incômodo fantasma. Negou-se a falar do passado, e tive de me conformar, para esta crônica, com algumas frases soltas de suas conversas com minha mãe, e poucas outras resgatadas de minhas recordações. Fizera mais que o possível para que Ângela Vicário morresse em vida, mas a própria filha malogrou os seus propósitos, porque nunca fez nenhum mistério de sua desventura. Pelo contrário: a quem quis ouvi-la, ela a contava com pormenores, menos aquele que nunca seria esclarecido: quem foi, e como e quando, o verdadeiro responsável por sua desonra, porque ninguém acreditou que, de fato, houvesse sido Santiago Nasar.

Pertenciam a dois mundos antagônicos. Ninguém nunca os viu juntos, e muito menos sozinhos. Santiago Nasar era orgulhoso demais para prestar atenção nela. "A boba da sua prima", dizia-me, quando tinha de mencioná-la. Além disso, como dizíamos então, ele era um gavião frangueiro. Andava sozinho, como o pai, arrebentando o grelo de quanta donzela sem rumo começava a despontar por estas plagas, mas nunca se soube no povoado que mantivesse relação diferente da convencional com Flora Miguel, ou da tormentosa, que o enlouqueceu durante catorze meses, com Maria Alexandrina Cervantes. A versão corrente, talvez por ser a mais perversa, era que Ângela Vicário estava protegendo alguém a quem, de verdade, amava, e tinha escolhido o nome de Santiago Nasar porque nunca pensou que os irmãos se atreveriam a enfrentá-lo. Eu mesmo tentei arrancar-lhe esta verdade, quando a visitei pela segunda vez, com todos os meus argumentos em ordem, mas ela só levantou os olhos do bordado para contestá-los.

— Não mexa mais nisso, primo — disse-me. — Foi ele.

Todo o resto ela contou sem reticências, até a desgraça da noite de núpcias. Contou que as amigas a haviam treinado para embriagar o marido na cama até perder os sentidos, aparentar mais vergonha do que a que sentiria para que ele apagasse a luz, lavar-se drasticamente com águas de pedra-ume e fingir a virgindade, manchar o lençol com mercurocromo e assim exibi-lo no dia seguinte em seu pátio de recém-casada. Apenas duas coisas as acobertadoras não levaram em conta: a excepcional resistência para beber de Bayardo San Román e a decência pura que Ângela Vicário levava escondida dentro da estupidez imposta por seus preconceitos. "Não fiz nada do que me disseram", falou-me, "porque quanto mais pensava naquilo, mais compreendia que era uma sujeira que não se devia fazer com ninguém, muito menos com o pobre homem que teve a má sorte de se casar comigo." De modo que se deixou despir sem reservas no quarto iluminado, já então livre de todos os medos aprendidos que lhe haviam malogrado a vida. "Foi muito fácil", disse-me, "porque estava resolvida a morrer."

A verdade é que falava de sua desventura sem qualquer pudor para dissimular a outra desventura, a verdadeira, que lhe queimava as entranhas. Ninguém teria sequer suspeitado, até que ela se decidiu a me contar, que Bayardo San Román estava em sua vida para sempre desde que a levou de volta à sua casa. Foi o golpe de misericórdia. "De repente, quando mamãe começou a bater em mim, comecei a me lembrar dele", disse-me. A surra doía menos porque sabia que era por ele. Continuou pensando nele com um certo susto de si mesma quando soluçava tombada no sofá da sala de jantar. "Não chorava pelos golpes nem por nada do que tinha acontecido", disse-me, "chorava por ele." Continuava pensando nele enquanto a mãe punha compressas de arnica em seu rosto, e ainda mais quando ouviu a gritaria na rua e os sinos de incêndio na torre, e a mãe entrou para lhe dizer que agora podia dormir, porque o pior tinha passado.

Estava há muito tempo pensando nele sem nenhuma ilusão até que precisou acompanhar a mãe a um exame de vista no hospital de Riohacha. Entraram rapidamente no Hotel do Porto, porque conheciam o dono, e Pura Vicário pediu um pouco de água no bar. Tomava-o, de costas para a filha, quando esta viu o seu próprio pensamento refletido nos espelhos repetidos da sala. Ângela Vicário virou a cabeça com o último suspiro, e o viu passar a seu lado sem vê-la, e o viu sair do hotel. Em seguida olhou outra vez para a mãe com o coração despedaçado. Pura Vicário acabara de beber, secou os lábios com a manga e sorriu para ela do balcão com os novos óculos. Nesse sorriso, pela primeira vez desde o seu nascimento, Ângela Vicário viu-a tal como era: uma pobre mulher consagrada ao culto de seus defeitos. "Merda", disse a si mesma. Estava tão transtornada que fez toda a viagem de volta cantando em voz alta, e se atirou na cama para chorar durante três dias.

Nasceu de novo. "Fiquei louca por ele", disse-me, "louca de pedra." Bastava-lhe fechar os olhos para vê-lo, ouvia-o respirar no mar, o calor de seu corpo acordava-a à meia-noite na cama. No fim daquela semana, sem ter conseguido um minuto de sossego, escreveu-lhe a primeira carta. Foi uma carta convencional na qual contava que o tinha visto sair do hotel e que teria gostado que ele a houvesse visto. Esperou em vão por uma resposta. Ao fim de dois meses, cansada de esperar, mandou-lhe outra carta no mesmo estilo indireto da anterior, cujo único propósito parecia ser condenar sua falta de cortesia. Seis meses depois tinha escrito seis cartas sem resposta, mas se conformou com a comprovação de que ele as estava recebendo.

Pela primeira vez dona de seu destino, Ângela Vicário descobriu então que o ódio e o amor são paixões recíprocas. Quanto mais cartas mandava, mais acendia as brasas de sua febre, e, também, mais aquecia o rancor feliz que sentia contra a mãe. "Sentia engulhos só de vê-la", disse-me, "mas não podia vê-la sem me lembrar dele." Sua vida de casada devolvida continuava sendo tão simples como a de solteira; sempre bordando com amigas como antes, fez tulipas de pano e pássaros de papel, mas quando a mãe se deitava permanecia no quarto escrevendo cartas sem futuro até a madrugada. Tornou-se lúcida, altiva, dona de sua vontade, e voltou a ser virgem só para ele; não reconheceu outra autoridade que a sua, nem mais servidão que a de sua obsessão.

Escreveu uma carta semanal durante metade da vida. "Às vezes não sabia o que dizer", disse-me morta de riso, "mas era bastante saber que ele as estava recebendo." No começo eram convites, depois papeizinhos de amante furtiva, bilhetes perfumados de noiva fugaz, memórias de negócios, documentos de amor e, por último, as cartas indignas de uma mulher abandonada que inventava doenças cruéis para obrigá-lo a voltar. Numa noite de bom humor, derramou o tinteiro sobre a carta terminada e em vez de rasgá-la acrescentou um *post scriptum:* "Como prova do meu amor, envio-lhe minhas lágrimas." Em outras ocasiões, cansada de chorar, ria de sua própria loucura. Seis vezes mudaram a funcionária do correio, e seis vezes conseguiu sua cumplicidade. Só não pensou em renunciar. Entretanto, ele parecia insensível a seu delírio: era como escrever a ninguém.

Certa madrugada de ventos, no décimo ano, acordou-a a certeza de que ele estava nu em sua cama. Escreveu-lhe então uma carta febril de vinte páginas e na qual deitou sem pudor as amargas verdades que guardava apodrecidas no coração desde a sua funesta noite. Falou-lhe das marcas eternas que ele havia deixado em seu corpo, do sal de sua língua, da trilha de fogo de sua verga africana. Entregou-a à funcionária do correio que, nas sextas-feiras, à tarde, ia bordar com ela para levar as cartas, e convenceu-se de que aquele desabafo final seria mesmo o último de sua agonia. Mas não houve resposta. A partir de então já não tinha consciência do que escrevia nem a quem escrevia; continuou, porém, escrevendo sem quartel durante 17 anos.

Em um meio-dia de agosto, enquanto bordava com as amigas, sentiu que alguém chegava à sua porta. Não precisou olhar para saber quem era. "Estava gordo, o cabelo tinha começado a cair e já precisava de óculos para ver de perto", disse-me. "Mas era ele, porra, era ele!" Assustou-se porque sabia que ele a estava vendo tão decaída como ela o via, e não acreditava que tivesse dentro tanto amor como ela para se conformar. Estava com a camisa empapada de suor como o tinha visto a primeira vez na feira, e levava o mesmo cinto e os mesmos alforjes de couro cru com adornos de prata. Bayardo San Román deu um passo à frente, sem se preocupar com as outras bordadeiras atônitas, e pôs os alforjes na máquina.

— Bem — disse — aqui estou.

Levava a mala da roupa para ficar e outra mala igual com quase duas mil cartas que ela lhe escrevera. Estavam ordenadas por suas datas, em pacotes amarrados com fitas coloridas, e todas sem abrir.

D urante anos não conseguimos falar de outra coisa. Nossa conduta diária, dominada até então por tantos hábitos lineares, começara a girar, de repente, em torno de uma mesma ansiedade comum. Os galos do amanhecer nos surpreendiam tentando ordenar as numerosas casualidades encadeadas que tornaram possível o absurdo, e era evidente que não o fazíamos por um desejo de esclarecer mistérios, mas porque nenhum de nós podia continuar vivendo sem saber com precisão qual era o espaço e a missão que a fatalidade lhe reservara.

Muitos ficaram sem sabê-lo. Cristo Bedoya, que chegou a ser um ilustre cirurgião, não pôde explicar nunca por que cedeu ao impulso de esperar duas horas na casa dos avós até que o bispo chegasse, em vez de descansar na casa dos pais, que o aguardaram até o amanhecer para alertá-lo. Mas a maioria dos que puderam fazer alguma coisa para impedir o crime e, apesar de tudo, não o fizeram, consolou-se com invocar o preconceito de que as questões de honra são lugares sagrados aos quais só os donos do drama têm acesso. "A honra é o amor", ouvia minha mãe dizer. Hortênsia Baute, cuja única participação foi ter visto ensanguentadas duas facas que ainda não estavam, sentiu-se tão afetada pela alucinação que se entregou a uma crise de penitência e um dia não pôde mais suportá-la, saiu nua pelas ruas. Flora Miguel, a noiva de Santiago Nasar, despeitada, fugiu com um tenente de fronteiras que a prostituiu entre os caucheiros do Vichada. Dom Rogélio de la Flor, o bom marido de Clotilde Armenta, um prodígio de vitalidade aos 86 anos, levantou--se pela última vez para ver como despedaçavam Santiago Nasar contra a porta fechada da própria casa, e não sobreviveu à comoção. Plácida Linero fechara essa porta no último instante, mas se livrou a tempo da culpa. "Eu a fechei porque Divina Flor jurou que tinha visto meu filho entrar", contou-me, "mas não era verdade." Em compensação, nunca se perdoou pelo fato de haver confundido o magnífico augúrio das árvores com o infausto dos pássaros, e sucumbiu ao pernicioso costume do seu tempo de mastigar sementes de mastruço.

Doze dias depois do crime, o instrutor do sumário encontrou um povoado em carne viva. No sórdido escritório jurídico do Palácio Municipal, bebendo café de panela com rum de cana contra as miragens do calor, precisou pedir tropas de reforço para organizar a multidão que se precipitava a depor sem ser chamada, ansiosa por exibir a própria importância no drama. Acabara de se formar e ainda vestia a toga negra da Escola de Leis e o anel de ouro com o emblema de sua promoção, além da vaidade e do lirismo da feliz estreia. Nunca, porém, se soube o seu nome. Tudo o que sabemos de seu caráter foi colhido do sumário, que muitas pessoas me ajudaram a buscar 20 anos depois do crime no Palácio da Justiça de Riohacha. Não havia registro algum nos arquivos, e mais de um século de processos estavam amontoados no chão do decrépito edifício colonial que foi, por dois dias, o quartel-general de Francis Drake. O andar térreo inundava-se com as marés, e os processos desencapados flutuavam pelas salas desertas. Eu mesmo procurei, muitas vezes com água até os tornozelos, naquele tanque de causas perdidas, e só um acaso me permitiu resgatar, depois de cinco anos de buscas, umas 322 folhas salteadas das mais de 500 que devia ter o sumário.

O nome do juiz não apareceu em nenhuma, mas é evidente que era um homem inflamado pela febre da literatura. Sem dúvida, tinha lido os clássicos espanhóis e alguns latinos, e conhecia muito bem Nietzsche, o autor da moda entre os magistrados do seu tempo. As notas marginais, e não apenas pela cor da tinta, pareciam escritas com sangue. Estava tão perplexo com o enigma que lhe coubera por sorte, que muitas vezes incorreu em divagações líricas contrárias ao rigor da sua ciência. Principalmente, nunca achou legítimo que a vida se servisse de tantos acasos proibidos à literatura para que se realizasse, sem percalços, uma morte tão anunciada.

Não obstante isso, o que mais o tinha assustado ao final de sua minuciosa diligência foi não haver encontrado um único indício, nem sequer o menos verossímil, de que Santiago Nasar houvesse sido, de fato, o causador do agravo. As amigas de Ângela Vicário, suas cúmplices no engano, durante muito tempo continuaram contando que ela as fizera participar de seu segredo antes do casamento, mas não lhes revelara nenhum nome. E declararam no sumário: "Ela nos contou o milagre, não o santo." Ângela Vicário, por sua vez, não arredou pé. Quando o juiz instrutor perguntou, com seu estilo lateral, se sabia quem era o defunto Santiago Nasar, ela lhe respondeu impassível:

— Foi o meu autor.

Assim está no sumário, mas sem qualquer outro detalhe de modo ou lugar. Durante o julgamento, que durou apenas três dias, o promotor pôs o seu maior empenho na inconsistência dessa acusação. Era tal a perplexidade do juiz instrutor ante a falta de provas contra Santiago Nasar que seu bom trabalho parece, por momentos, desvirtuado pela desilusão. A folhas 416, de seu punho e letra e com a tinta vermelha do boticário, escreveu uma nota marginal: *Dai-me um preconceito e moverei o mundo.* Debaixo dessa paráfrase de desânimo, com um traço feliz da mesma tinta de sangue, desenhou um coração atravessado por uma flecha. Para ele, como para os amigos mais próximos de Santiago Nasar, o próprio comportamento do assassinado nas últimas horas foi uma prova cabal de sua inocência.

Na manhã de sua morte, com efeito, Santiago Nasar não tinha tido um só instante de dúvida, embora soubesse muito bem qual seria o preço da injúria que lhe imputavam. Conhecia a índole hipócrita de seu mundo, e devia saber que a natureza humilde dos gêmeos não era capaz de resistir ao escárnio. Ninguém sabia muito bem quem era Bayardo San Román, mas Santiago Nasar conhecia-o o bastante para saber que, sob suas vaidades mundanas, era tão dominado como qualquer outro por seus preconceitos de origem. De maneira que a sua despreocupação consciente teria sido suicida. Além disso, quando soube, afinal, no último instante, que os irmãos Vicário o estavam esperando para matá-lo, sua reação não foi de pânico, como tanto se disse, foi antes a desorientação da inocência.

Minha impressão pessoal é de que morreu sem entender sua morte. Depois que prometeu à minha irmã Margot que iria tomar café em nossa casa, Cristo Bedoya levou-o pelo molhe, e ambos pareciam tão despreocupados que causaram falsas ilusões. "Estavam tão contentes", disse-me Meme Loaiza "que dei graças a Deus. Pensei que o assunto tinha sido resolvido." Nem todos gostavam de Santiago Nasar, naturalmente. Polo Carrillo, o dono da estação elétrica, pensava que sua serenidade não era inocência mas cinismo. "Acreditava que seu dinheiro o fazia intocável", disse-me. Fausta López, sua mulher, comentou: "Como todos os turcos." Indalécio Pardo acabava de passar pelo estabelecimento de Clotilde Armenta e os gêmeos tinham dito a ele que tão logo o bispo fosse embora matariam Santiago Nasar. Pensou, como tantos outros, que eram fantasias de madrugadores, mas Clotilde Armenta convenceu-o de ver que era verdade, e lhe pediu que alcançasse Santiago Nasar para preveni-lo.

— Não se preocupe — disse-lhe Pedro Vicário — de qualquer modo é como se já estivesse morto.

Era um desafio evidente demais: os gêmeos conheciam os laços de amizade de Indalécio Pardo e Santiago Nasar, e deveriam ter pensado que era a pessoa adequada para impedir o crime sem que eles permanecessem em vergonha. Mas Indalécio Pardo encontrou Santiago Nasar levado pelo braço por Cristo Bedoya entre os grupos que abandonavam o porto, e não se atreveu a preveni-lo. "Perdi a coragem", disse-me. Deu um tapinha no ombro de cada um e os deixou seguir. Eles mal o perceberam, pois continuavam espantados com as contas do casamento.

As pessoas se dispersavam em direção à praça no mesmo sentido em que os dois seguiam. Era uma multidão compacta, mas Escolástica Cisneros acreditou estar vendo que os dois amigos caminhavam em seu centro sem dificuldades, dentro de um círculo vazio, porque as pessoas sabiam que Santiago Nasar ia morrer e não se atreviam a tocá-lo. Cristo Bedoya lembrava-se também de uma atitude estranha para com eles. "Olhavam-nos como se estivéssemos com a cara pintada", disse-me. E ainda: Sara Noriega abriu sua loja de sapatos no momento em que eles passavam e se espantou com a palidez de Santiago Nasar. Ele, porém, a tranquilizou.

— Imagine só, Sarinha — disse-lhe sem parar — com toda esta ressaca!

Sentada à porta de sua casa, em camisola, Celeste Dangond ria-se dos que se vestiram para saudar o bispo e convidou Santiago Nasar a tomar café. "Foi para ganhar tempo enquanto pensava", disse-me. Mas Santiago Nasar respondeu que tinha pressa em mudar de roupa para tomar café com minha irmã. "Não dei bola", explicou-me Celeste Dangond, "pois logo achei que não podiam matá-lo se estava tão certo do que ia fazer." Yamil Shaium foi o único que fez o que quis fazer. Tão logo soube do rumor, saiu à porta do seu armazém e esperou Santiago Nasar para preveni-lo. Era um dos últimos árabes que chegaram com Ibrahim Nasar, foi seu parceiro de jogo até a morte e continuava sendo o conselheiro hereditário da família. Ninguém tinha tanta autoridade quanto ele para falar com Santiago Nasar. Entretanto, pensava que se o rumor fosse infundado causaria nele um susto inútil, por isso preferiu consultar primeiro Cristo Bedoya, que talvez soubesse de alguma novidade. Chamou-o ao passar. Cristo Bedoya despediu-se de Santiago Nasar com um tapinha nas costas, já na esquina da praça, e acudiu ao chamado de Yamil Shaium.

— Até o sábado — disse-lhe.

Santiago Nasar não lhe respondeu, mas se dirigiu em árabe a Yamil Shaium e este lhe respondeu também em árabe, torcendo-se de riso. "Era um jogo de palavras com que nos divertíamos sempre", disse-me Yamil Shaium. Sem parar, Santiago Nasar fez aos dois o seu gesto de despedida com a mão e dobrou a esquina da praça. Foi a última vez que o viram.

Cristo Bedoya só teve tempo de ouvir a informação de Yamil Shaium e saiu correndo para alcançar Santiago Nasar. Vira-o dobrar a esquina, mas não o encontrou entre os grupos que começavam a se dispersar na praça. Várias pessoas a quem perguntou por ele deram a mesma resposta:

— Acabo de vê-lo com você.

Pareceu-lhe impossível que tivesse chegado em casa em tão pouco tempo, mas de qualquer modo entrou para perguntar por ele, pois encontrou sem tranca e entreaberta a porta da frente. Entrou sem ver o papel no chão, atravessou a sala na penumbra tentando não fazer ruído porque ainda era cedo demais para visitas, mas os cães se alvoroçaram no fundo da casa e vieram a seu encontro. Acalmou-os com as chaves, tal como aprendera com o dono, mas continuou acossado por eles até a cozinha. No corredor passou por Divina Flor, carregando um balde de água e um pano para limpar o chão da sala. Ela lhe garantiu que Santiago Nasar não tinha voltado. Victória Guzmán acabava de pôr o guisado de coelho no fogão quando ele entrou na cozinha. Ela compreendeu imediatamente. "Botava o coração pela boca", disse-me. Cristo Bedoya perguntou se Santiago Nasar estava em casa e ela respondeu com uma candura fingida que ainda não chegara para dormir.

— Estou falando sério — disse Cristo Bedoya. — Eles o estão procurando para matá-lo.

Victória Guzmán esqueceu-se da candura.

— Esses coitados não matam ninguém — disse.

— Estão bebendo desde sábado — disse Cristo Bedoya.

— Por isso mesmo — retrucou ela — não há bêbado que coma a própria caca.

Cristo Bedoya voltou à sala onde Divina Flor acabava de abrir as janelas. "Claro que não estava chovendo", disse-me Cristo Bedoya. "Logo seriam sete horas, mas um sol dourado já entrava pelas janelas." Voltou a perguntar a Divina Flor se estava certa de que Santiago Nasar não tinha entrado pela porta da sala. Ela então já não se mostrava tão certa como da primeira vez. Perguntou por Plácida Linero, e ela respondeu que fazia um instante que lhe deixara o café no criado-mudo, mas não a havia acordado. Era assim sempre: acordaria às sete, tomaria o café e desceria para dar as ordens para o almoço. Cristo Bedoya olhou o relógio: eram 6h56m. Foi ao andar de cima para se convencer de que Santiago Nasar não tinha entrado.

A porta do quarto estava fechada por dentro porque Santiago Nasar saíra passando pelo quarto da mãe. Cristo Bedoya não apenas conhecia a casa tão bem como a sua, mas era tal a sua intimidade com a família que empurrou a porta do quarto de Plácida Linero para passar dali ao quarto contíguo. Um facho de sol poeirento entrava pela claraboia, e a formosa mulher adormecida na rede, de lado, com a mão esquerda na face, tinha um aspecto irreal. "Era como uma aparição", disse-me Cristo Bedoya. Contemplou-a um instante, fascinado por sua beleza, e em seguida atravessou o quarto em silêncio, passou à frente do banheiro e entrou no quarto de Santiago Nasar. A cama continuava intacta, e na poltrona, muito bem passada, a roupa de montar e, em cima dessa roupa, o chapéu de ginete, no chão as botas perto das esporas. No criado-mudo, o relógio de pulso de Santiago Nasar marcava 6h58m. "Pensei logo que voltara para sair armado", disse-me Cristo Bedoya. Encontrou, porém, a Magnum na gaveta do criado-mudo. "Nunca tinha dado um tiro", disse-me Cristo Bedoya, "mas resolvi pegar o revólver e levá-lo a Santiago Nasar." Ajustou-o ao cinturão, por dentro da camisa, e só depois do crime percebeu que estava descarregado. Plácida Linero apareceu na porta com a xícara de café no momento em que ele fechava a gaveta.

— Santo Deus — exclamou ela — que susto você me deu!

Cristo Bedoya também se assustou. Viu-a à plena luz, com um chambre de calhandras douradas e o cabelo despenteado, e o encanto então se desvaneceu. Explicou um pouco confuso que entrara para procurar Santiago Nasar.

— Saiu para receber o bispo — disse Plácida Linero.

— Passou ao largo — disse ele.

— Eu imaginava — disse ela. — É um filho da mãe.

Não continuou porque nesse momento notou que Cristo Bedoya não sabia onde se meter. "Espero que Deus tenha me perdoado", disse-me Plácida Linero, "mas eu o vi tão atrapalhado que, na hora, achei que tinha entrado para roubar." Perguntou-lhe o que estava acontecendo. Embora consciente de estar em uma situação suspeita, Cristo Bedoya não teve coragem de lhe revelar a verdade.

— É que não dormi um só minuto — disse-lhe.

E saiu sem outra explicação. "De qualquer maneira", disse-me, "ela sempre pensava que a estavam roubando." Encontrou na praça o padre Amador, que voltava à igreja com os paramentos da missa frustrada, mas não achou que ele pudesse fazer por Santiago Nasar nada muito diferente do que lhe salvar a alma. Dirigia-se outra vez ao porto quando ouviu que o chamavam do estabelecimento de Clotilde Armenta. Pedro Vicário estava à porta, lívido e desgrenhado, a camisa aberta e as mangas enroladas até os cotovelos, a faca nua na mão. Sua atitude era por demais insolente para ser casual, e entretanto não foi a única nem a mais visível que adotou nos últimos minutos para que o impedissem de cometer o crime.

— Cristóvão — gritou — diga a Santiago Nasar que o estamos esperando aqui para matá-lo.

Cristo Bedoya lhe teria feito o favor de impedi-lo. "Se eu soubesse disparar um revólver, Santiago Nasar estaria vivo", disse-me. Mas só a ideia o impressionou, depois de tudo o que tinha ouvido dizer sobre a potência devastadora de uma bala blindada.

— Previno-o de que está armado com uma Magnum capaz de atravessar um motor — gritou.

Pedro Vicário sabia que não era verdade. "Nunca andava armado se não estivesse vestido para montar", disse-me. De qualquer maneira, porém, previra que o estivesse quando tomou a decisão de lavar a honra da irmã.

— Os mortos não atiram — gritou.

Pablo Vicário apareceu então à porta. Estava tão pálido como o irmão, vestia ainda o casaco do casamento e mantinha a faca enrolada no jornal. "Se não tivesse sido por isso", disse-me Cristo Bedoya, "nunca teria sabido qual dos dois era." Clotilde Armenta saiu de trás de Pablo Vicário e gritou para Cristo Bedoya que se apressasse porque neste povoado de maricas só um homem como ele poderia impedir a tragédia.

Tudo o que ocorreu a partir de então foi de domínio público. As pessoas que retornavam do porto, alertadas pelos gritos, começaram a tomar posição na praça para presenciar o crime. Cristo Bedoya perguntou a vários conhecidos por Santiago Nasar, mas ninguém o tinha visto. Na porta do Clube Social, encontrou-se com o coronel Lázaro Aponte e lhe contou o que acabava de acontecer na frente do estabelecimento de Clotilde Armenta.

— Não pode ser — disse o coronel Aponte — porque eu os mandei dormir.

— Acabo de vê-los com uma faca de matar porcos — disse Cristo Bedoya.

— Não pode ser, porque eu as tirei deles antes de mandá-los dormir — disse o prefeito. — Você deve tê-las visto antes disso.

— Eu os vi há dois minutos e cada um deles tinha uma faca de matar porcos — disse Cristo Bedoya.

— Ah, porra! — disse o prefeito. — Então voltaram com outras.

Prometeu ocupar-se disso imediatamente; entrou, porém, no Clube Social para confirmar uma rodada de dominó naquela noite; quando voltou a sair já estava consumado o crime. Cristo Bedoya cometeu, então, o seu único erro mortal: pensou que Santiago Nasar tinha resolvido à última hora tomar café em nossa casa antes de mudar de roupa, e lá foi procurá-lo. Apressou-se pela margem do rio, perguntando a todos os que encontrava se o haviam visto passar, mas ninguém vira. Não se assustou, porque havia outros caminhos para a nossa casa. Próspera Arango, a forasteira, suplicou-lhe que fizesse alguma coisa por seu pai que estava agonizando na calçada de sua casa, imune à fugaz bênção do bispo. "Eu o tinha visto ao passar", disse-me minha irmã Margot, "e já estava com cara de morto." Cristo Bedoya demorou quatro minutos para estabelecer o estado do doente, e prometeu voltar mais tarde com recursos de emergência, mas perdeu outros três minutos ajudando Próspera Arango a levá-lo até o quarto. Quando voltou a sair, ouviu gritos remotos e achou que estouravam foguetes na direção da praça. Tentou correr, mas o revólver mal colocado à cintura o impediu. Dobrando a última esquina, reconheceu minha mãe pelas costas, levando o filho menor quase arrastado.

— Luísa Santiaga — gritou-lhe. — Onde está seu afilhado?

Minha mãe apenas virou o rosto banhado de lágrimas.

— Ai, filho — respondeu — dizem que o mataram!

Assim foi. Enquanto Cristo Bedoya o procurava, Santiago Nasar tinha entrado na casa de Flora Miguel, sua noiva, bem na esquina onde ele o viu pela última vez. "Nem pensei que ele pudesse estar ali", disse-me, "porque aquela gente não se levantava nunca antes do meio-dia." Era versão corrente que a família inteira dormia até o meio-dia por ordem de Nahir Miguel, o sábio varão da comunidade. "Por isso Flora Miguel, que já não era tão novinha, mantinha-se como uma rosa", diz Mercedes. A verdade é que deixavam a casa fechada até muito tarde, como tantas outras, mas era uma gente madrugadora e laboriosa. Os pais de Santiago Nasar e Flora Miguel tinham combinado casá-los. Santiago Nasar aceitou o compromisso em plena adolescência e estava resolvido a cumpri-lo, talvez porque fazia do matrimônio a mesma ideia utilitária do pai. Flora Miguel, por sua vez, gozava de certa condição floral, mas carecia de graça e amadurecimento e servira de madrinha de casamento a toda a sua geração, de modo que o acordo foi para ela uma providencial solução. Seu noivado era fácil, sem visitas formais nem inquietações do coração. O casamento, várias vezes adiado, fora marcado, enfim, para o próximo Natal.

Flora Miguel acordou naquela segunda-feira com os primeiros bramidos do navio do bispo, e muito pouco tempo depois soube que os gêmeos Vicário estavam esperando Santiago Nasar para matá-lo. A minha irmã, a freira, a única que falou com ela depois da desgraça, disse que não se lembrava sequer de quem lhe dissera. "Só sei que às seis da manhã todo mundo sabia", disse-lhe. Achou, entretanto, inconcebível que fossem matar Santiago Nasar e, em troca, pensou que o iriam casar à força com Ângela Vicário, para assim lhe devolver a honra. Sofreu uma crise de humilhação. Enquanto meio povo esperava pelo bispo, ficava em seu quarto chorando de raiva e pondo em ordem o cofre das cartas que Santiago Nasar lhe escrevera do colégio.

Sempre que passava pela casa de Flora Miguel, ainda que ninguém estivesse lá, Santiago Nasar raspava com as chaves a tela metálica das janelas. Naquela segunda-feira ela o estava esperando com o cofre das cartas no regaço. Santiago Nasar não podia vê-la da rua, ela, entretanto, viu-o aproximar-se através da rede metálica antes mesmo que a raspasse com as chaves.

— Entre — disse-lhe.

Ninguém, nem mesmo um médico, entrara nessa casa às 6h45m da manhã. Santiago Nasar acabava de deixar Cristo Bedoya no estabelecimento de Yamil Shaium, e na praça havia tanta gente interessada

— 86 —

nele que era incompreensível que ninguém o visse entrar na casa da noiva. O juiz instrutor procurou pelo menos uma pessoa que o houvesse visto, e o fez com tanta persistência como eu, mas não foi possível encontrá-la. A folhas 382 do sumário, ele escreveu outra sentença marginal a tinta vermelha: *A fatalidade nos faz invisíveis*. O fato é que Santiago Nasar entrou pela porta principal, à frente de todos, e sem fazer nada para não ser visto. Flora Miguel esperava-o na sala, verde de raiva, com um dos vestidos de infelizes babados que costumava usar em ocasiões memoráveis, e lhe pôs o cofre nas mãos.

— Aqui está — disse-lhe. — E tomara que o matem!

Santiago Nasar ficou tão perplexo que o cofre caiu de suas mãos e suas cartas sem amor regaram o chão. Tentou alcançar Flora Miguel no quarto, mas ela fechou a porta e passou o ferrolho. Bateu várias vezes e a chamou com uma voz angustiada demais para a hora, por isso toda a família acudiu assustada. Entre consanguíneos e políticos, mais velhos e mais moços, eram mais de catorze. O último que saiu foi Nahir Miguel, o pai, a barba vermelha e a *djellaba* de beduíno que trouxe de sua terra e que sempre usou dentro de casa. Eu o vi muitas vezes, e era imenso e parcimonioso, mas o que mais me impressionava nele era o fulgor de sua autoridade.

— Flora — chamou em sua língua. — Abra a porta.

Entrou no quarto da filha enquanto, extasiada, a família contemplava Santiago Nasar. Ajoelhara-se na sala, recolhendo as cartas caídas e recolocando-as no cofre. "Parecia uma penitência", disseram-me. Nahir Miguel saiu do quarto poucos minutos depois, fez um sinal com a mão e a família inteira desapareceu.

Continuou falando em árabe com Santiago Nasar. "Desde o primeiro momento compreendi que não tinha a menor ideia do que eu estava lhe dizendo", disse-me. Então perguntou, concretamente, se sabia que os irmãos Vicário o procuravam para matá-lo. "Ficou pálido, e perdeu de tal modo o domínio que não era possível acreditar que estivesse fingindo", disse-me. Concordou que sua atitude não era tanto de medo como de perturbação.

— Você deve saber se eles têm ou não razão — disse-lhe. — Em todo caso, agora não tem senão dois caminhos: ou se esconde aqui, que é sua casa, ou sai com meu rifle.

— Não entendo chongas — disse Santiago Nasar.

Foi só o que conseguiu dizer, e o disse em castelhano. "Parecia um passarinho molhado", disse-me Nahir Miguel. Precisou tirar-lhe o cofre porque ele não sabia onde deixá-lo para abrir a porta.

— São dois contra um — disse-lhe.

Santiago Nasar saiu. As pessoas tinham se colocado na praça como nos dias de desfile. Todos o viram sair e todos compreenderam que já sabia que o matariam e estava tão perturbado que não encontrava o caminho de casa. Dizem que alguém gritou de um balcão qualquer: "Por aí não, turco, pelo porto velho." Santiago Nasar procurou a voz. Yamil Shaium gritou-lhe para que entrasse em seu estabelecimento, e foi apanhar sua escopeta de caça, mas não se lembrou onde havia escondido os cartuchos. De todos os lados começaram a gritar para ele, e Santiago Nasar deu várias voltas para a frente e para trás, estonteado com tantas vozes ao mesmo tempo. Era evidente que se dirigia à sua casa pela porta da cozinha, mas de repente deve ter pensado que a porta principal estava aberta.

— Vem aí — disse Pedro Vicário.

Ambos o viram ao mesmo tempo. Pablo Vicário tirou o casaco, colocou-o no tamborete e desembrulhou a faca em forma de alfanje. Antes de saírem, sem haver combinado, ambos se benzeram. Então Clotilde Armenta agarrou Pedro Vicário pela camisa e gritou a Santiago Nasar que corresse porque iam matá-lo. Foi um grito tão angustiante que abafou todos os outros. "No começo se assustou", disse-me Clotilde Armenta, "porque não sabia quem estava gritando, nem de onde." Quando, porém, a viu, viu também Pedro Vicário que a jogou no chão com um empurrão, e alcançou o irmão. Santiago Nasar estava a menos de 50 metros de casa, então correu até a porta principal.

Cinco minutos antes, na cozinha, Victória Guzmán tinha contado a Plácida Linero o que já todo mundo sabia. Plácida Linero era uma mulher de nervos fortes, só por isso não deixou transparecer qualquer sinal de medo. Perguntou a Victória Guzmán se dissera alguma coisa a seu filho e ela mentiu consciente, pois respondeu que ainda não sabia de nada quando ele desceu para tomar café. Na sala, onde continuava lavando o chão, Divina Flor viu Santiago Nasar, ao mesmo tempo, entrar pela porta da praça e subir pela escada de navio dos quartos. "Foi uma visão nítida", contou-me Divina Flor. "Vestia roupa branca e levava na mão alguma coisa que não pude ver bem, mas me pareceu um ramo de rosas." De modo que quando Plácida Linero perguntou por ele, Divina Flor a tranquilizou.

— Subiu ao quarto faz um minuto — disse-lhe.

Plácida Linero viu então o papel no chão, mas não pensou em recolhê-lo, e só soube o que dizia quando alguém o mostrou mais tarde na confusão da tragédia. Através da porta viu os irmãos Vicário correndo pela praça com as facas desembainhadas. Do lugar em que ela se encontrava, podia vê-los mas não conseguia ver o filho que corria de outro ângulo em direção à porta. "Pensei que queriam entrar para matá-lo dentro de casa", disse-me. Então correu até a porta e a fechou com uma batida. Passava a tranca quando ouviu os gritos de Santiago Nasar e os murros de terror na porta, mas pensou que ele estivesse em cima, insultando os irmãos Vicário do balcão do seu quarto. Subiu para ajudá-lo.

Santiago Nasar precisava apenas de uns segundos para entrar quando a porta se fechou. Pôde ainda bater com os punhos várias vezes e, em seguida, voltar-se para enfrentar à mão limpa seus inimigos. "Assustei-me quando o vi de frente", disse-me Pablo Vicário, "porque o achei umas duas vezes maior do que era." Santiago Nasar levantou a mão para evitar o primeiro golpe de Pedro Vicário, que o atacou pelo lado direito com a faca reta.

— Filhos da puta! — gritou.

A faca atravessou a palma de sua mão direita e logo mergulhou até o fundo nas suas costas. Todos ouviram seu grito de dor.

— Ai, minha mãe!

Pedro Vicário retirou a faca com seu pulso feroz de magarefe e assestou um segundo golpe quase no mesmo lugar. "O estranho é que a faca voltava a sair limpa", declarou Pedro Vicário ao juiz instrutor. "Eu o tinha furado pelo menos três vezes e não havia nenhuma gota de sangue." Santiago Nasar dobrou-se com os braços cruzados sobre o ventre depois da terceira facada, soltou um queixume de bezerro e tentou virar-se de costas. Pablo Vicário, à sua esquerda, com a faca curva assestou-lhe então a única facada nas costas, e um jorro de sangue a alta pressão empapou a sua camisa. "Cheirava como ele", disse-me. Três vezes ferido de morte, Santiago Nasar virou-se outra vez de frente e se apoiou de costas na porta de sua mãe, já sem a menor resistência, como se quisesse apenas ajudar para que acabassem de matá-lo em partes iguais. "Não tornou a gritar", disse Pedro Vicário ao juiz instrutor. "Pelo contrário: achei que estava rindo." Então os dois continuaram esfaqueando-o contra a porta, com golpes alternados e fáceis, flutuando no remanso deslumbrante que encontraram do outro lado do medo. Não ouviram os gritos do povoado inteiro espantado de seu próprio crime. "Eu me sentia como se estivesse correndo em um cavalo", declarou Pablo Vicário. Mas ambos despertaram, logo, para a realidade, porque estavam exaustos e, apesar de tudo, achavam que Santiago Nasar não cairia nunca. "Que merda, primo", disse-me Pablo Vicário, "você não imagina como é difícil matar um homem!" Tentando acabar definitivamente, Pedro Vicário procurou o coração, mas procurou-o quase na axila, onde o têm os porcos. Na verdade, Santiago Nasar não caía porque eles mesmos o estavam sustentando a facadas contra a porta. Desesperado, Pablo Vicário lhe deu um corte horizontal no ventre e os intestinos completos afloraram como uma explosão. Pedro Vicário ia fazer o mesmo mas seu pulso se encolheu de horror, saiu então um corte perdido na coxa. Santiago Nasar permaneceu ainda um instante apoiado contra a porta até que viu as próprias vísceras ao sol, limpas e azuis, e caiu de joelhos.

Depois de procurá-lo aos gritos pelos quartos, ouvindo sem saber de onde outros gritos que não eram os seus, Plácida Linero apareceu à janela da praça e viu os gêmeos Vicário correndo em direção à igreja. Iam perseguidos de perto por Yamil Shaium, com sua escopeta de caçar tigres, e por outros árabes desarmados, então Plácida Linero pensou que havia passado o perigo. Em seguida, saiu ao balcão do quarto e viu Santiago Nasar em frente à porta, de bruços sobre o pó, tentando levantar-se do próprio sangue. Ergueu-se um pouco de lado e começou a andar em estado de alucinação, amparando com as mãos as vísceras penduradas.

Caminhou mais de cem metros para dar a volta completa à casa e entrar pela porta da cozinha. Teve ainda bastante lucidez para não seguir pela rua, que era o trajeto mais longo, e entrou na casa contígua. Poncho Lanao, a esposa e cinco filhos não sabiam de nada do que acabava de ocorrer a 20 passos de sua porta. "Ouvimos a gritaria", disse-me a mulher, "mas pensamos que era a festa do bispo." Começavam a tomar café quando viram Santiago Nasar entrar, empapado de sangue, levando nas mãos o cacho de suas entranhas. Poncho Lanao me disse: "Nunca pude esquecer o horrível cheiro de merda." Mas Argênida Lanao, a filha mais velha, contou que Santiago Nasar caminhava com a altivez de sempre, medindo bem os passos, e seu rosto de sarraceno com os cabelos crespos desalinhados estava mais belo que nunca. Ao passar diante da mesa sorriu-lhes e caminhou pelos quartos até a saída dos fundos. "Ficamos paralisados de susto", disse-me Argênida Lanao. Minha tia Wenefrida Márquez estava escamando um sável no pátio de sua casa, do outro lado do rio, e o viu descer as escadas do molhe antigo, procurando, com passo firme, o caminho de sua casa.

— Santiago, filho — gritou-lhe — que houve com você?

Santiago Nasar reconheceu-a.

— Me mataram, querida Wene — disse.

Tropeçou no último degrau, mas se levantou imediatamente. "Teve até o cuidado de sacudir com a mão a terra que ficou em suas tripas", disse-me tia Wene. Depois entrou em sua casa pela porta dos fundos, que estava aberta desde as seis horas, e desabou de bruços na cozinha.

Este livro foi composto na tipologia Bembo Std,
e impresso em papel pólen bold 90 g/m² na Gráfica Geográfica.